中公文庫

手習重兵衛

梵　鐘

新装版

鈴木英治

中央公論新社

目次

手習重兵衛　梵《ぼん》　鐘《しょう》

捜し屋

一

雨が降っている。

春はそんなに遠くないはずなのに、冬の意地を見せつけるかのような冷たい雨だ。

依頼者は、そんな雨のなかをわざわざ出かけてきた夫婦である。高価な傘を持つ者があまりいない江戸者は、雨となれば家に閉じこもるのが常だ。

紋兵衛《もんべえ》は、目の前にかしこまって座っている二人をさりげなく観察した。

ふっくらした色白の頬《ほお》に高い鼻、切れ長の目、形のいい唇《くちびる》を持つ夫の与之助《よのすけ》は、役者を思わせる顔つきをしている。ふだんはつやつやと血色がよさそうだが、今は疲れきった表情だ。それでもかなり若く見えるが、両の目尻に深いしわがあり、歳はそれなりにいっているのかもしれない。

女房はお妙《たえ》といい、こちらも夫に劣らずやつれている。うなだれた細い首にのった顔には陰があり、薄い頬とややつった目に隠しようのない憂いの色が見えている。与之助よりいくつか年下なのだろうが、やせてとんがった肩に深い心労がのしかかっていた。

部屋の隅に置かれた火鉢から、じんわりとしたあたたかみが送られてくる。

炭が弾《はじ》け、それを合図に紋兵衛は口をひらいた。

「お子さんを捜してほしいとのことですが、その前にお代の説明をしておきます」

捜し人の詳細をきく前に、これは必ずいうようにしている。高いと相手が思った場合、捜し人に関してそれ以上話す必要がなくなるし、紋兵衛自身、なにもきかないほうがあとあとまで引きずらずにすむからだ。

「老若男女《ろうにゃくなんにょ》を問わず、また失踪《しっそう》、迷子など理由の如何《いかん》にかかわらず、報酬は金二分。前金という形をとってはいますが、もし捜し人が見つからなかった場合、この二分はお返しします」

以前は、捜し人が見つかったあともらうというようにしていたのだが、払いを渋る者が何人か出て、そのわずらわしさにいやけが差して今の形にしたのだ。

「それから、一日につき一朱、労銀としていただきます」

一朱は二百五十文で、決して安くはないが、腕のいい大工が一日およそ二百八十文稼ぐというから、足元を見て吹っかけているとの気持ちは紋兵衛にはない。そのくらいの働きはしてみせるという自負もある。

「つまり、労銀は十六日で一両ということですね」

与之助が確認を求める。

「半月で見つかれば、総額で一両二分はかからないということですね」

「その通りです」

「わかりました。それでけっこうです」

躊躇《ちゅうちょ》することなく与之助がきっぱりといった。横でお妙もうなずいている。

その決断のはやさに、紋兵衛は興味を惹《ひ》かれた。

「与之助さんはなにかご商売をされているのですか」

「商売ではなく職人を。居職《いじょく》なんで、日にも焼けません」

「煙管《きせる》をつくっているんですよ」

お妙が口を添える。

「煙草《たばこ》は今やほとんどの方が召しあがるようになって、この人も忙しくなりまして……」

稼ぎはそれなりにあるということなのだろう。紋兵衛は吸わないが、知り合いにも煙草をこよなく愛し、吸口などに意匠を凝らした煙管を収集している者が少なくない。

「お子さんの話に入ります。お直《なお》ちゃんといわれましたが、いつどこで姿が見えなくなったのです」

「三日前の火事の際です」

膝《ひざ》に置いた拳《こぶし》をぎゅっと握り締めて与之助が答えた。

「火に追われて逃げる際、行方が知れなくなっちまったんです」

「手をしっかりつないでいたんですが、気がつくといなくなってて……ごめんなさいね、おまえさん。私がもっと注意していたら」

お妙は目に涙をためている。

「謝ることなどない。俺があの子から目を離さなきゃ、こんなことにはならなかったんだから」

その言葉をきいてお妙は泣きだしてしまった。与之助はあわてて懐から手拭いを取りだし、渡した。お妙は、すまないね、といって涙を拭った。

三日前、つまり一月三日に起きた火事のことは紋兵衛も知っている。けっこうな大火で、加賀町《かがちょう》、南佐柄木町《みなみさえきちょう》、山下町《やましたちょう》、惣十郎町《そうじゅうろうちょう》、滝山町《たきやまちょう》、守山町《もりやまちょう》など、およそ三百軒が焼けたときいた。

死者が十二名出たらしいことはきいたが、そのなかに子供がいたとは耳に入ってきていない。

「お直ちゃんはいくつです」

「五歳です」

与之助が即答し、そこに娘がいるかのような目をして続けた。

「一緒になって七年目にようやくできた娘なんです。手を尽くして捜しましたが、どうしても見つからず……。どうにもならなくなって、人から紋兵衛さんのことをきいてこうしてうかがったんです」

「ええ、これ以上のお人は江戸にはいない、というお話で」

お妙がつけ加える。

「どなたから手前のことを」

「お直を捜している最中、知り合ったお人で、鉄吉《てつきち》さんと。大工をしているとおっしゃってました」

きいたことのない名だが、こういう商売をしていれば、向こうが勝手に知っていることがあっても不思議はない。

「わかりました。お引き受けいたします」

紋兵衛は控えめながら、相手が感じ取れるだけの自信を口調ににじませて、いった。

「ありがとうございます」

ほっとした思いを全身にあらわし、夫婦はそろって頭を下げた。

「いえ、そんなにあらたまることは。手前も商売ですから。いまお二人はどちらにお住まいです」

「火事の前は山下《やました》御門そばの滝山町に住んでおりましたが」

焼けだされた今は、懇意にしている寺に世話になっているという。

「そのお寺の名と場所を教えてください」

与之助はすらすらと答えた。

「四《よ》ツ谷《や》南寺町《みなみてらまち》の竜祥寺《りゅうしょうじ》ですね」

紋兵衛は復唱した。寺自体は知らないが、南寺町なら場所はわかる。赤坂《あかさか》にある紀州《きしゅう》侯の上屋敷の西側に当たる町で、文殊院《もんじゅいん》という府内八十八ヶ所の第二十六番目の札所《ふだしょ》がある。

「紋兵衛さん、いつお直を見つけてくださいますか」

性急なものいいだが、そういういい方になる気持ちは理解できる。

「まだなんとも申せません。すべてはこれからです」

紋兵衛は穏やかに首を振り、平静な声音で告げた。安請け合いをして期待を抱かせ、もし見つからなかった場合、下手をするとうらみを買いかねないことはこれまでの経験からわかっている。

与之助はわずかに眉《まゆ》を曇らせた。息を一つつき、思い直したように顎《あご》を揺らす。

「そうですよね。いくら紋兵衛さんがすばらしい腕利きでも、必ず見つけるなんていえるわけないですよね」

「しかし、骨惜しみをするような真似だけは決して。お直ちゃんを見つけだす最善の努力はまちがいなくいたします。それだけは信じていただいてけっこうです」

紋兵衛はうしろを向き、部屋の隅に控えている男に目をやった。

「鷹造《たかぞう》」

男は立ちあがり、一礼して紋兵衛の横に正座をした。手にしている絵筆、硯《すずり》、画紙をていねいに畳に置く。

与之助夫婦は興味深げに鷹造を見つめているが、なんとなく異様な何者かを目にしているような色が瞳にある。

紋兵衛にも、その気持ちはわからないでもない。むしろ、もっともだと思う。

鷹造はこの家に住みこんでいるのだが、月代《さかやき》もひげもろくに剃《そ》らず、源氏車《げんじぐるま》模様という女が着るような派手な小袖を身に着けている。しかもその小袖は長身の鷹造には短く、毛深いすねが丸だしになっている。湯屋には毎日欠かさず行っており、臭《にお》ったりすることはないのだが、その風貌からは客が好感を持つ清潔さなど微塵《みじん》も感じられない。

頼むから無精ひげくらい剃ってくれ、と口を酸っぱくして紋兵衛がいっても一向に直らない。

「ではお子さんの特徴をうかがいましょう」

低いがよく響く声で鷹造はいい、絵筆を墨にひたした。

「まず輪郭からお願いします」

そういわれて与之助は目を閉じた。娘の面影を眼前に引き寄せようとしているかのような表情だ。

やがて目をあけ、語りはじめた。

さすがに慣れたもので、鷹造は与之助がいう特徴をきき取ってすらすらと描《か》いてゆく。

その手際のよさに、二人は感嘆の声をあげた。

声にも表情にもだしはしないが、思いは紋兵衛も同じだった。たいしたものだ、とまるで別の生き物のように動く鷹造の手に吸いこまれるように見入る。

ただ、今日は筆にいつもの切れがないように感じた。それを裏づけるように鷹造は小さく首をひねったり、手をとめたりしている。

「いかがです」

いつもよりだいぶときをかけて描きあげた絵を鷹造は二人に見せた。描いていたときの殺気のようなものはきれいに消え、表情はずいぶんとやわらいでいる。

夫婦は顔を見合わせ、うなずき合った。

「そっくりです」

感心しきったように口をそろえる。

「これなら誰が見ても、お直だとすぐにわかります」

お墨付《すみつき》をくれた与之助たちに頭を下げて、鷹造は紋兵衛に人相書を手渡した。さっきまでいたところに戻る。

紋兵衛は絵に目を落とした。

なかなかかわいい子だ。頬がふっくらとしているのは父親譲りか。まん丸の目はやや垂れていて、両親には似ていない。鼻はあまり高くはなく、口元は女の子の割に引き締まっていて、意志の強さを感じさせないこともない。下顎に、いい目印になりそうな、やや目立つほくろがある。

目をあげた紋兵衛は、お直がいなくなったときの状況を詳しくきいた。

いなくなったのに気づいたのは、どのあたりまで来たときですか。お直ちゃんの悲鳴をききませんでしたか。誰かにあとをつけられているような気配を感じませんでしたか。

すべてに答えた与之助が驚いて問う。

「紋兵衛さんは、お直がかどわかされた、と考えていらっしゃるのですか」

「あくまでも念のためです。起こり得るあらゆる状況を頭に入れておかねばならない、ただそれだけのことですよ」

安心させるようにいって、紋兵衛は二人の顔を見つめた。

「では、今日これから仕事にかかります」

与之助から前金の二分を受け取った紋兵衛は、二人を見送りに出た。

いつの間にか雨はあがり、西のほうの雲の切れ間に青空がのぞいている。そこから陽射しがいくつかの筋となって入りこみ、直下の町を照らしていた。

ただし、冬まっただなかということもあって、か弱い陽射しは薄い雲に今にもさえぎられてしまいそうだ。

二

家に戻ろうとして、紋兵衛は足をとめた。

西隣の女房のおこんが生垣越しに手招いている。腹のなかで舌打ちした。おこんは話好きで、つかまると長いのだ。気がつかない顔で家に入ってしまえばよかった。

「なにか」

その思いを面《おもて》にだすことなく、紋兵衛は近づいた。

「紋兵衛さん、今のはお客さんよね」

黒々とした瞳は濡れたようだし、鼻筋も通り、下顎もすっきりとした曲線を描いていて、それだけ見るとかなりの器量に思えるのだが、口が不釣合いに大きいせいであまり美形に見えない。加えて、けっこうな年増なのに若く見られたいのか、娘のような高い笑い声をあげたり、妙な体のくねらせ方をする。

「誰を捜してほしいって」

紋兵衛は首を振った。

「おこんさん、それはいえない」

「そう、そうよねえ」

おこんは首を伸ばし、家のなかをのぞきこむようにした。

「鷹造さんはお元気かしら。今なにしてるの」

「奥の部屋で絵を描いてる」

適当に答えたが、だいたいいつもそんなところだ。

夫がいるにもかかわらず、おこんは鷹造に興味を持っているふしがある。もっとも、妙な格好こそしているが、鷹造が女に騒がれても不思議はない顔形をしているのは確かだ。

「そう、奥の部屋でね。おうちが広くていいわねえ」

「おこんさんのところよりせまいよ。三部屋に台所だから」

「なに描いてるの」

「さあ」

いつまでもつき合っていられない。

「これから仕事なんで、これで」

沓脱《くつぬ》ぎから座敷にあがり、鷹造の描いた人相書をもう一度じっくりと見る。頭のなかにお直の像を彫るように集中して見つめ続けた。

街角を横切るたった一瞬でも、目にすれば決して見逃すことのない自信が心に生まれたのを確信した紋兵衛は、人相書をたたんで懐にしまい入れた。

刻限は四つ半をすぎたあたりだろう。じき昼だ。

「鷹造、昼餉《ひるげ》はまたつくるのか」

奥の部屋で鷹造は絵筆を握り、画紙になにか描きつけていた。

「ええ、そのつもりでいますけど」

絵から目を離さずにいう。

鷹造は包丁も達者だ。名店と呼ばれる料理屋に入っても通用するだけの腕を持っているのでは、と紋兵衛は思っている。

どこでそれだけの腕を得たのか鷹造は話したことはないが、いずれきいてみようと紋兵衛は考えている。もっとも、そう思いながらもう三年もすぎてしまったのだが。

「さっきは、筆の進みがかんばしくなかったようだが」

「そう見えましたか」

腕をとめ、鷹造は顔をしかめた。

「気持ちがなかなか入っていかなかったんですよ」

「どうして」

いうべきなのか、という迷いの色が鷹造の頬をかすめていった。

「さあ、よくわかりません」

問いつめるほどのことでもない。

「そうか。火だけには気をつけてくれ」

まずは火元だな。そうつぶやくようにいって紋兵衛は家を出た。

雨がやみ、町は人通りが急に増えてきている。餌を求めていっせいに巣を出てきた蟻《あり》のようだ。

昨日は風が冷え冷えとして一日中寒かったが、今日は雨が冷たかった割に、湿り気を帯びた大気にはあたたかさが混じっている。道行く人たちも、昨日ほど背を丸めてはいない。

年が明けてまだ日が浅いこともあり、南の空に凧《たこ》があがっているのが望見できる。家々の前には門松が飾られているが、これも今日が松の内の最後なので、夕方には取り去られる。門松は七日の朝までに取り除くべし、との触れが承応《じょうおう》の頃に出て以来、こういうふうになったといわれている。

火元となった加賀町は、ここ芝口南《しばぐちみなみ》の桜田備前町《さくらだびぜんちょう》からはさほど離れていない。

まず北へ二町ほど進んで右に折れ、弓の稽古場として知られる的場屋敷《まとばやしき》とお堀のあいだの道を三町ほど南東へ進む。お堀にかかる幸橋《さいわいばし》を左手に見ながら通りすぎ、次の土橋を渡る。寄合町《よりあいちょう》と丸屋町《まるやちょう》にはさまれた道を歩き、八官町《はちかんちょう》を抜けると、そこはもう加賀町だ。

なるほど、きれいに焼けてしまって、野原のような格好になっている。

江戸は火をつかうことの多い冬になると格段に火事が増え、同じ月に立て続けに四度や五度起きることも珍しくないが、新年早々これだけの大火に見舞われたというのは気の毒としかいいようがない。

さえぎるものがほとんどなくなったために、三町先の家々がはっきりと見え、焼け残った柱や梁《はり》のあいだを黒っぽい埃《ほこり》を巻きあげるように風が吹き渡っている。

ただ、焼け落ちた建物の残骸《ざんがい》はかなりのところで取り払われ、すでに新しい家の普請がそこかしこではじまっていた。小気味よく響く金槌の音や大工衆の威勢のいいかけ声があたりを飛びかっている。

　それ以上にたくましく感じられるのが焼け跡を遊び場にしている子供である。路地で羽《は》子《ご》をついている女の子たちはいいとしても、鬼ごっこをしている男の子たちはすすで顔や手を真っ黒にしている。それがまた楽しくてならないらしく、大きな声で笑い合っていた。

　紋兵衛はうらやましさを感じた。自分が幼い頃は、あんなことは決してしなかった。いや、させてもらえなかった。

　まだ縄張の段階だが、かなり大きな家を建てようとしている敷地の端で、いかにも家主然とした初老の男が大工の棟梁らしき者と話しこんでいる。

　紋兵衛は歩み寄り、声をかけた。

「お忙しいところ、まことに申しわけございません。先日の火事のことでちょっとおききしたいことがあるのですが」

　腰を深く折り、丁重に頼みこむ。

「誰だい、おまえさん」

　初老の男がいう。

　紋兵衛は名乗り、ここまでやってきた経緯《いきさつ》を語った。

「ほう、人捜しかい。そのお直ちゃんてぇ子は知らないが、火元はそこの両替屋だよ」

紋兵衛は、家主が指さすほうに目を向けた。

半町ほど西に、すすで真っ黒になった石づくりの蔵が建っている。両替屋のほかの建物は焼けてしまっているが、最も肝心な建物だけにさすがに頑丈で、堅城の石垣のごとく、がっちりとした石組みを崩すことなく見事に残っている。

「あそこから火事がはじまって、折からの西風に乗って三百軒の家を焼き尽くしたんだ」

いまいましそうにいって、家主は棟梁との話に戻りかけてから振り返った。

「ああ、そうだ。おまえさん、知っているかね。あの両替屋はね、早島屋《はやじまや》さんっていったんだけど、家人、奉公人の全員が死んじまったんだ」

「亡くなったのは十二名とききましたが、では、その両替屋の人たちですか」

「その通りなんだが、実際のところ早島屋さんには、子のない夫婦に住みこみの番頭に手代、下働きの下女など全部で十人しかいなかったんだよ」

「では、あとの二人は」

「それが、男か女かすらもわからないんだ。もちろん身許もね」

「十二名の死者のなかに、子供はいなかったんですよね」

「そのお直って子の心配かい。安心していいよ。全員が大人だった。町役人《ちょうやくにん》として、わしも検分に立ち会ったからまちがいないよ」

家主はわずかに声を低めた。

「それから、これはまだ公にはされていないけど、ほとんどの人がもう知っているからいっちまうよ。早島屋さんは、どうやら押しこみにやられたようだね」

紋兵衛はすばやく考えた。

「では、火をつけたのはその押しこみ」

さっきの家主の言葉が頭によみがえった。死んじまった、とはいったが、焼け死んだとはいわなかった。

「早島屋さんの人たちは、殺されたのですね。火を放ったのは証拠隠し」

「御番所では、そう考えているようだね。だから余分な二人というのは、押しこみの者かも、とも考えているらしいよ」

なるほど、考えられないことではない。押しこみという荒っぽいことを平気でしてのける連中は、取り分をめぐっての仲間割れなどしょっちゅうだろう。

「押しこみにやられたのがわかったのは、蔵が空だったからですか」

「そういうことだよ。相当の金が積まれていたはずだけど、錠前のはずれた扉をあけたら、なかは空っぽだったっていうから」

「どのぐらいやられたんです」

「確かなことはわからないが、二千両はあったんじゃないかっていわれてるよ」

「すごいですね」

「まあ、死んだ人を悪くいいたかないが、かなりあくどく儲けてるって評判が立っていたからね。死んでくれて、ほっとしている人も多いんじゃないかな」

家主は口を押さえた。

「おっと、いいすぎちまったかな」

紋兵衛は厚く礼をいってその場を離れた。

木材を運ぶ人足たちとすれちがいながら、もしや、と思って、紋兵衛は足をとめた。

両親と一人はぐれてしまったお直は賊《ぞく》とかち合い、連れ去られたのでは。

（もしそうなら今頃……）

最悪の想像をしかけて、いやちがうな、と紋兵衛はその思いを即座に断ち切った。

両替屋に押し入り、十人を殺した賊だ。いくら五歳の女の子とはいえ、連れ去るような悠長な真似をするはずがない。かち合ったらその場で殺しているはずだ。

焼けた町だけでなく、延焼をまぬがれた周辺の町の者たちにもお直のことをきいてまわった。会う人会う人、ほとんど片っ端にした。

しかし誰もが、あのときは逃げるのに懸命でまわりに気を配っている余裕などなかった、と口をそろえた。

滝山町へ行き、与之助一家の知り合いを捜した。この町もほとんどが焼けてしまっており、住んでいた者は親類、縁者のもとに身を寄せているようで、まだ戻ってきていない。

そんななか、滝山町のうちわずかに焼け残った家の住人で、与之助と顔見知りの男を見つけた。

背丈は五尺五寸そこそこだが、大きな黒目が生き生きと動く、いかにも人がよさそうな男だ。お直より三つ四つは上と思える娘の手をかたく握っている。

「ああ、よかった。与之助さんたち無事なのかい。えっ、お直ちゃんが。そんな……。それで、あんたが捜しているのか」

男は感心したように紋兵衛を見つめた。

「へえ、人捜しを生業《なりわい》にね。さすがお江戸だな。そんな人がいるんだね」

「あの火事のとき、与之助さんたちを見ましたか」

「いや、気づかなかったなあ。なにしろ逃げるのに精一杯で」

そのときの恐怖を思いだしたかのように男は頰のあたりをわずかにひきつらせた。

「その際、おかしな人影や気配を感じませんでしたか」

「別にそういうのはなかったと思うけど」

女の子が父親を見あげた。

「おとっつぁん。あのとき私の顔をのぞきこんできた人たちがいたじゃない」

「えっ、なんのことだい」

「ほら、木挽橋《こびきばし》近くまで行ったときよ」

「木挽橋。ああ、そういえばそんなのがいたな。夫婦者だ」

憤りを面にあらわした男は、紋兵衛に怒りをぶつけるようにいった。

「この子を連れて逃げるとき、その夫婦者があらわれて、いきなり行く手をさえぎりやがったんだよ」

「詳しく教えてください」

「詳しくもなにも、その夫婦も娘を捜していて、この子がそうじゃないか、って思ったらしいんだよ。誰かの名を呼んでいたから」

「与之助さんたちでは」

「ちがうよ。与之助さんたちなら、見まちがえるわけないもの。あれは一度も見たことのない人だった。もう少しで喧嘩になりそうだったから、まじまじと顔を見ちまったしさ。火に追われているときあんなことされたら、誰だって怒るよ」

その夫婦がお直の行方知れずに関係しているのか。

（はぐれたお直をその夫婦がまちがえて連れていった）

そんな思いが脳裏をよぎっていったが、いくらなんでも自分の子とよその子をまちがえることはないだろう。

紋兵衛はその夫婦の人相をきいた。きかずにおいて、あとで悔やむようなことだけは避けたい。

歳の頃は四十前後、二人ともけっこう上質の着物を着ていたように感じた。夫のほうの背丈は五尺三寸くらい、女房のほうが少し高く、やや肥えていた。

「捜していた子供の名を」

「ああ、ありゃなんだっけなあ」

男は腕組みをし、顔をうつむけて考えこんでいたが、やがて顔の前で手を振った。

「駄目だね。思いだせない」

紋兵衛は女の子を見た。女の子は困ったように首を振った。

「ほかになにか気づいたことはないですか」

「いや、ないね。ああ、そうだ。与之助さんたちにいつ戻ってくるか、きいておいてくれないか」

わかりました、と紋兵衛は答えた。

三

それから二日、手がかりを求めて紋兵衛は滝山町周辺を捜し歩いた。

八日の夕暮れになって、数寄屋橋《すきやばし》近くの弥左衛門町《やざえもんちょう》で一人の女房からきいた話に、紋兵衛はひっかかった。

去年の師走《しわす》に京橋《きょうばし》南西の西紺屋町《にしこんやちょう》で火事があったとき、一人娘を連れて逃げた姉夫婦が、途中、夫婦者に前途をさえぎられたというのだ。

これは、おととい滝山町のあの男がいっていた夫婦ではないのか。

紋兵衛は西紺屋町に出向き、その姉に詳しい話をきいた。

火事があったのは、年の瀬が感じられるようになりはじめた十九日。その日はいつもの木枯らしも吹いておらず、そのために大火にならずにすんだ。といっても、長屋などおよそ十軒ほどが焼けたのだが。

「あの夫婦ね。よく覚えてるわよ」

勝気そうな目を怒らすようにして女房はいった。

「まったく頭にきちゃうのよ。懸命に走ってるとき前に立ちはだかるんだから。うちの人がとめなきゃ、きっとあたし、ひっぱたいてたわよ」

夫婦の人相も歳の頃も、滝山町の男がいうのと同じだった。どうやらその夫婦は、火事のたびに子供を捜しに来ているようだ。この女房も、夫婦がなんという女の子を捜していたか、まできき取ってはいなかった。

なぜその夫婦は火事になるとそんな真似をするのか。

事情はかりかねたが、十軒を焼いた火事に駆けつけることができたことを考え合わせると、この町からさほど遠いところに住んでいるとは思えない。

周辺を当たってみるか、という気になったが、すでに夜が幕を垂らし出している。夕闇が深くなるにつれ、冷たい風が吹きはじめてもいる。木枯らしなどに負けてはいられないが、今日はここまでにして桜田備前町に戻った。

家の枝折戸《しおりど》を入ろうとして足をとめる。

「紋兵衛さん、こんばんは」

「こんばんは、お美保《みほ》さん」

東隣に住む女で、町医者の妾《めかけ》だ。こちらはおこん以上の年増でけっこう口うるさいところもあるが、頭のめぐりがはやく、話していて楽しい。さほどきれいとも思えないが、表情の一つ一つが生き生きとしていて、ときにはっとするほど美しく見えることがある。もう十年以上囲っているらしいのに旦那が手放そうとしないのも、一緒にいて心弾むものがあるからにちがいない。

　寒いなか庭に出て枝折戸のそばに立っている。人待ち顔なのは、じき、その旦那がやってくるからだろう。

　以前は庭先の掃除や食事のお裾わけなど、紋兵衛はよく世話になっていたが、鷹造が来て以来、お美保はぴたりとやめてしまった。どうやら紋兵衛と鷹造が衆道《しゅどう》の関係ではないか、と疑っているようなのだ。

　それはお美保に限ったことではなく、他の近所の者たちもそうらしいのだが、紋兵衛自身、どうして鷹造が居ついたのかわかりかねているところがあって、その誤解を解く手立てに窮している。断固否定したところで、女の着物を身にまとった鷹造がいる限り、信じてはもらえないだろう。

　別にかまわん、と最近ではひらき直っている。嫁を取るよう、頻繁に娘を紹介してきた近所の女房連中がなにもいってこなくなり、そのわずらわしさから解き放たれたからだ。

「紋兵衛さん、たいへんね。こんなに暗くなるまで」

「毎度のことなんで、もう慣れたよ」

「見つかりそうなの」

「必ず見つける」

「そう、はやく見つかるといいわね」

「ありがとう。お美保さんもはやく旦那が来るといいね」

お美保は微妙な表情になった。

もしや待ち人は旦那ではないのかもしれない。まずいことをいっちまったかな、と紋兵衛は反省したが、お美保はほほえんで、ありがとうと返してきた。


「どうですか、お直ちゃんは見つかりそうですか。手がかりはありましたか」

箸をつかいつつ鷹造がきく。

空腹に耐えかねていた紋兵衛は、鷹造のつくった煮物や焼き物を次々に口に放り入れては咀嚼《そしゃく》し、飯をかっこんだ。

人心地ついてから、夫婦のことを話した。

「へえ、そんな夫婦が。気になりますねえ」

鷹造が吸い物をすする。うまくできたのがうれしいのか満足げな笑みを漏らした。

「ということは、その夫婦、また火事が起きればやってくる、ということですよね」

「その通りだろうが、だからって火事を望むわけにもいかんしな。いくら江戸の華といっても」

紋兵衛も吸い物に口をつけた。具は蜆《しじみ》だけだが、なんの臭みもない。醤油と蜆の香りが絡み合って、実にうまい。

「どうやってつくるのか知らんが、おまえさん、どこでこんなうまいもの覚えたんだ」

「なんですか、突然」

「突然というわけじゃない。前からきこうと思っていたんだが、機会がなかった」

鷹造はしばらく黙っていたが、決意したように面をあげた。

「前に、料理屋に奉公していたことがあるんですよ」

「これだけのものがつくれるくらいだから、相当の店だろうな。長くいたんだろう」

「十三年ばかりですかね」

「おまえさん、二十九だよな。ここに来たのが三年前だから、十三の頃から奉公していた店をなんでやめたんだ」

「いや、十一のときですよ」

つまり、二十四で店をやめ、二十六でここにやってきたということか。だいぶ歳が離れたような口ぶりで言葉をかわしているが、実際には二つしかちがわない。

「なぜやめたかは、いわずともわかりますよね。ええ、あっしには包丁より絵の才があるのがわかったんでね。子供の頃から絵筆を握らせたら抜群でした」

「でも、食いつめていたのは事実だろう」

「そうですね。ですから拾ってもらって、すごく感謝してるんですよ」

紋兵衛は苦笑した。

「拾ったつもりはないんだが……まさかこうして居つくとは思わなかった」

鷹造が見つめ返してきた。

「紋兵衛さんは、いつ人捜しっていう商売に入ったんです」

「そんなに前じゃないんだ。俺も以前は別の商売をしていた。いや、商売というようなものじゃないいな」

紋兵衛がわずかに懐かしむ口調でいったとき、半鐘がきこえてきた。激しい鳴らされ方をしている。

「近いですね」

「ちょっと行ってくる。一応、大事な物はまとめておいてくれ。いざ逃げるとなったら、葵坂下《あおいざか》の辻番所のところで落ち合おう。場所はわかるな」

「もちろんです」

そこは西側が広い溜池になっている。火もやってこないはずだ。

茶をがぶりとやって紋兵衛は家を出た。

東の空が赤く焼けている。

火事は備前町から五町ほどの先の二葉町《ふたばちょう》が火元だったが、五軒ほどを焼いてすぐにおさまった。風がほとんどなかったのが幸いしたようだ。

鎮火がはやかったこともあるのか、紋兵衛は例の夫婦の姿を見ることはできなかった。

それでも提灯に火を入れてあたりを行きつ戻りつし、それらしい者がいないか徹底して捜した。

しかし見つからず、紋兵衛は家に戻ろうときびすを返した。

「今日の火事は今一つだったなあ」

「もっと派手に燃えてほしかったよな」

そんなささやくような会話が耳に飛びこんできて、紋兵衛は足をとめた。

なんてことといってやがんだい、と険しい目を向けると、連れ立って歩いてゆく五人の男の影が闇の向こうに見えた。

もっとも、こういう類の者はさして珍しくもない。火事ときいただけで、血が騒ぐのをどうにも抑えられなくなってしまうらしい。

どうやら火事のたびに出かけてきているらしいな、と紋兵衛は五人のもとに歩み寄った。

「ちょっとすみません」

紋兵衛は声をかけ、夫婦のことを知らないか、たずねた。

男たちは顔を見合わせた。

「ああ、あの夫婦ね。知ってるよ」

拍子抜けするほど簡単に一人が答えた。

「今日は見かけなかったけど」

「そうだな、今日は来てなかった」

「珍しいよな。なにかあったのかな」

「いつもいつも幼い女の子を連れて逃げる者の前に立ちはだかるようにしてさ。二人そろって女の子の顔を見つめてるんだよな」

「ああ、特に女房のほうが鬼気迫る顔してるんだよ」

「いつだったっけ、喧嘩沙汰になりかけたこともあったよな」

「あれでならなかったら不思議だよ。みんな殺気立ってるのに」

紋兵衛は割りこむようにたずねた。

「その夫婦がどこに住んでいるか、ご存じですか」

「さあ、知らないなあ」

全員がそろって首をひねる。

「捜している子供の名はいかがです」

「あれは、なんていったっけな。耳にしたことはあるんだけど」

一人が、ここは俺の出番とばかりに一歩足を踏みだした。

「あれはさ、おきちとか呼んでたぜ」

いや、と一人が否定する。

「そうじゃなくて、おみちだったように俺は思うぜ」

「おきちだ。まちがいないよ」

「いや、おみちだ」

「おきちかおみちですね。お直ということはないですか」

「そりゃないよ。いくらなんでも、そこまできさちがえはしないだろう」

紋兵衛はうなずいた。

「その夫婦が、火事のたび子供を捜している理由をご存じですか」

「いや、知らないなあ。きこうと思ったことはあったけど」

「でも、前にみんなで話し合ったことあったじゃない。あれは、清吉《せいきち》のいう通りなんじゃないのかな。なあ、清吉」

　そういって右側に立っている男に目を向けた。呼びかけられた男はうんうんと首を揺らした。

「火事で幼い娘を失って、その死を信じられずいまだに捜し続けてるってやつね」

　なるほど、と紋兵衛は思った。そういうことなら、火事のときだけ姿を見せる理由に納得がいかないこともない。

　それにしても、と一人がいった。

「あの二人を見ないのは、ここ三月じゃはじめてじゃないかな」

「では、その夫婦を見かけるようになったのは三月前がはじめてだったのですか」

「うん、そのくらいだな。最初に見たのは、確か新右衛門町《しんえもんちょう》の火事だったと思うよ」

　ここからだと、東海道沿いを日本橋《にほんばし》方向へ半里ほど行ったところだ。

「ところで、この娘を見たことはありませんか」

　紋兵衛はお直の人相書を取りだし、提灯で照らした。

　五人はいっせいに興味深げな瞳を当てた。

　結局、見たことないなあ、というのが五つの口から吐かれた共通の言葉だった。

　ありがとうございました。紋兵衛はていねいに礼をいって、五人組と別れた。

（その夫婦がお直を連れ去った。やはりこういうことかな）

道を家に戻りつつ考えた。

（捜し続けていた娘をついに見つけたから、今日は来なかった。来る必要がなかった）

とにかく、今はその筋を追うのが最もいいように感じられた。

紋兵衛は勘を最も大事にしていた。人より勘が鋭いから、この商売をやっていられるのだ、とかたく信じている。

四

「話ってのはなんだい」

岩之助《いわのすけ》がきく。紋兵衛が答えようとする前に、言葉を続けた。

「それにしても、人捜しっていうのも商売になるもんなんだな。さんざん歩きまわっているはずなのに、おまえさん、むしろ肥えてきているものな。うまいものばっかり食ってんだろう。で、話ってなんだい」

「三月以上前に起きた火事のことを知りたいんだ。そうだな、去年の八、九、十の三月に起きた火事について教えてもらえるとありがたい」

二人が立つ路上に、強い風が吹きこんできた。土埃を巻きあげて、家と家のあいだのせまい道を抜けてゆく。

岩之助は体を抱き締めるようにして、寒いな、とつぶやいた。がっしりとした体つきをしている割に寒がりで、汗を思いきりかける夏が大好きな男だ。

風が吹きやむのを待って、紋兵衛は口をひらいた。

「読売は仇討《あだうち》、火事、心中が売り物だよな。江戸に数ある読売のなかでも、岩《がん》さんのところが最上だから、こうしてききに来たんだ」

「なに持ちあげてんだ。おまえさん、ほかの読売を知らないだけだろうが」

今朝はやくから新右衛門町に行ってききこんでみたのだが、例の夫婦につながりそうな手がかりを得ることができなかった紋兵衛は、日本橋北の本石町《ほんごくちょう》三丁目にある読売屋の蛙鳴屋《あめいや》にやってきたのだ。

このむずかしい屋号は、蛙《かえる》や蟬《せみ》が鳴き騒ぐことを指す蛙鳴蟬噪《あめいせんそう》という言葉から持ってきたらしい。力はないが、お上に対してできるだけやかましく騒いでやろうじゃないか、という岩之助の心意気をあらわしたものであるようだ。

それともう一つ、蛙鳴蟬噪という言葉には下手な文章、という意味もあるときいた。屋号には、そんな謙遜と自戒もこめられているのだろう。

「八、九、十月か。あまり火はつかわん頃だな。わかった、そんなに手間はかからんだろう。ちょっと待っててくれ」

岩之助は店のなかに戻っていった。

今日はひどく寒い。朝、家を出てきたときお堀の岸沿いには氷が張っていた。日がのぼって三刻以上たち、少しはあたたかくなってきたが、吹き渡る風の冷たさは朝方とほとんど変わっていない。

紋兵衛はちらと店のほうを見た。

彫《ほ》り師《し》が木版を彫っている音がかすかにきこえる。紋兵衛が岩之助を信頼し、敬意を払っているように、岩之助も紋兵衛を信用してくれているはずだが、売り物が売り物だけにさすがになかには入れてくれない。

岩之助と知り合ったのは、二年前、ある娘を捜しているときだ。

紋兵衛が捜しはじめたとき、すでにその娘は男と心中してしまっており、翌日、大川《おおかわ》から死骸があがった。それなりの身代を誇る商家の娘だったが、取引先のせがれとの縁組がととのった矢先の心中だった。好きな男と一緒に果てたのだ。

死骸があがった場に真っ先に駆けつけたのが岩之助で、その岩之助に口どめを依頼したのが紋兵衛だった。

口どめのわけは、病死として取引先に知らせることで取引の打ち切りをはばもうとした父親が願ったためだが、岩之助はあっさりと了承してくれた。

売るためなら嘘でも噂《うわさ》でもさも本当にあったかのように書き立てる読売がほとんどのなかこれは稀有《けう》な存在で、一目で信ずるに足る人物、とわかったのだ。

もっとも、その心中のことは他の読売に大々的に載ってしまい、父親の願いはむなしいものに終わったのだが。

知り合ったいきさつはこうだが、お互いのつき合いを深めたのは、岩之助から依頼を受けた紋兵衛が、見事に目当ての人物を捜しだしたことだった。

三年ばかり前、ある寺の住職が匕首《あいくち》で刺し殺されるという事件があった。下手人はその寺の寺男で、住職の巾着《きんちゃく》から金をかすめようとして、それが露見したための犯行だった。

つかまることなく逐電《ちくでん》した寺男だったが、一年半後、江戸に舞い戻ってきたという噂を伝えきいた岩之助が、その寺男を捜しだすよう依頼してきたのだ。

半月後、潜伏場所を見つけだした紋兵衛は岩之助に通報、岩之助は住職の二人の遺児につなぎを取り、その姉弟は見事父親の仇を討ち、本懐を遂げたのだ。

この仇討の顚末《てんまつ》は当然読売に載るものと紋兵衛は思っていたが、以前その住職に世話になったことがあるという理由から、岩之助は仇討の手伝いをしたにすぎなかった。

これだけの仇討譚だから、他の読売をだし抜いて大きな売りあげにつながるのは明らかだったが、いいんだよ、と岩之助はまったく気にするそぶりを見せなかった。

「待たせたな」

岩之助が出てきた。数枚の紙を手にしている。

「一応、月別に火事がいつどこで起きたかをまとめた。犠牲者がわかっているものに関しては名も入れてある」

受け取った紋兵衛は食い入るように見た。ほんの短いあいだなのに見事にまとめてある。

「やっぱり岩さんはすごいな。感謝の言葉もない」

「一つ貸しだぞ」

岩之助は笑った。すぐにおさめる。

「読売に載せてもよさそうな話か」

「依頼主がよいといえば」

「だろうな。もし駄目だったら、うまい酒を飲ませろよ」

「わかってるよ。たらふくな」

そうはいっても、岩之助はたいして飲めはしない。ものの半合で赤くなって寝てしまう。

五

紋兵衛は、目についた蕎麦屋《そばや》に入った。味噌汁を一杯だけ飲んで家を出てきて、空腹が耐えがたくなっている。

刻限が正午すぎということもあって店は混んでいたが、紋兵衛は二十畳ほどの座敷の連子窓のそばに座を占めることができた。

盛りを二枚頼んで、岩之助が書いてくれた紙を懐から取りだした。

例の夫婦が火事のたびに来はじめたのが三月前というのなら、夫婦はそれ以前の火事で女の子を失っていることになる。女の子が死んだ火事がどれなのかわかれば、夫婦の身許を探るのはさほどむずかしくないはず、との読みが紋兵衛にはある。

茶をすすりながら、紙に目を落とす。

去年の八月に、火事は二件。一日と二十八日で、それぞれ十軒ほどを焼いている。二日の火事で死者が一人出ているが、六十八歳の年寄り。

九月は十三日の一件。これは六軒を焼いたが、死者はなし。

十月は六日、十九日、二十三日。寒さが厳しくなるにつれ火事が徐々に多くなってゆくのがわかるが、十九日と二十三日の火事は小さく、両方とも死者はなし。六日はかなりの大火で五十軒近くが焼け、死者は七人。三人が大人で、子供が四人。うち三人が男の子で、残る一人が女の子。歳も名も不明だが、この女の子でまずまちがいなさそうな気がする。

やってきた蕎麦切りを手ばやく腹にしまい入れて、紋兵衛は店を出た。

十月六日に火事があった霊岸島東湊町《れいがんじまひがしみなとちょう》にやってきた。

大火の名残《なごり》はすでにほとんど感じられない。見事に復興していた。新しい長屋や一軒家がかたまって建っているのが見え、そのあたりの被害が相当のものだったことだけはうかがえた。

東湊町一丁目には、府内八十八ヶ所の第十三番目の札所の円覚寺《えんがくじ》がある。どうやら火は及ばなかったようで、境内を囲む大木はなにごともなかったかのように、まっすぐ空に向かって伸びている。

新しく生まれ変わった形になっているのは、東湊町二丁目一帯だ。

道を進んで最初に会った女房らしい女に、声をかけた。

「あの、お忙しいところ申しわけないですが、ちょっとうかがいたいことがあるのですが」

あくまでも腰を低く、丁重に頼む。そうすれば、もともと人情に厚い者ぞろいの町だけにだいたいの人は足をとめてくれる。

「別に忙しかないけど、なにかしら」

「先の大火で亡くなった女の子のことを調べているのですが」

女は首をひねり、思いだそうとする努力をしてくれた。

「先の大火って、去年の十月の火事のことよね」

「そうです。その火事で女の子が亡くなっているはずなんですが」

「そうね、亡くなったわね……」

女は眉を曇らせた。

「おゆきちゃんっていったわ」

おゆきとおみち、おきち。似ていないことはない程度で、かなり微妙だ。

「両親の住まいをご存じですか」

悲しそうにうなずく。

「知ってるけど、その火事でおゆきちゃんと一緒に死んじゃったわ」

予期していない言葉だった。

「確かですか」

「もちろんよ。人の生き死にを冗談で口にできないでしょ」

「その通りですね。すみませんでした」

これはどういうことだ。まるでちがう方向へ進んできたということだろうか。

気持ちを入れ直して、紋兵衛は人相書を女に見せた。

「この女の子を捜しているのですが、見覚えはありませんか」

女はしげしげとのぞきこんだ。

「見たことないわねえ。なに、この子、どうしたの」

「ついこないだの火事で逃げる途中、いなくなってしまったんです」

「そう、それは気の毒ね。あんたの娘なの」

紋兵衛は事情を話した。

「へえ、あんた、人捜しを生業にしてるの。そんな商売あるんだ」

紋兵衛は名乗り、住まいも告げた。

「その火事では男の子も三人亡くなっていますね。そのなかにおみち、おきちに似ている名を持つ子はおりませんか」

夫婦は明らかに女の子を捜しているから、ほとんど考えにくいことだが、きいておいて損はない。

「さあ、わからないわ。三人の名を知っているわけじゃないから」

これはいったいどういうことだろうか。あらためて考えこみつつ、紋兵衛は越前堀《えちぜんぼり》に架かる高橋《たかばし》を本八丁堀《ほんはっちょうぼり》五丁目側に渡った。

八丁堀をはさんだ左手に鉄炮洲富士《てっぽうずふじ》と呼ばれる、江戸にいくつかある小富士の一つを持つ湊稲荷《みなといなり》社が見える。

つまり夫婦が娘を失ったのは、東湊町の火事ではなかったということか。

紋兵衛は立ちどまり、火事の記録を取りだした。なにか見逃していることはないか、もう一度じっくりと見た。

わからない。

ただ一つ引っかかっていることといえば、四十すぎの夫婦のはずなのに、顔をのぞきこむようにしていたのは幼い女の子であるということだ。おそくできた子であると考えれば不思議はないが、なんとなく不自然さを否定できないのも事実である。

紋兵衛はきびすを返した。東湊町でのききこみが足りない気がしている。きっと見落としがあるにちがいない。

まず、死んだ三人の男の子のことを調べた。

名は、それぞれ長次郎《ちょうじろう》、祥助《しょうすけ》、平作《へいさく》ということが明らかになった。おみちやおきちとは似ても似つかない名だが、三組の親に会い、どういう夫婦なのかを確認した。

祥助の父親はすでに病死していたが、ほかの二組は両親とも健在だった。いずれもせがれを失った悲しみを忘れてはいなかったが、長次郎の親は二十代の夫婦で女房が身ごもっており、腹の子に愛情を注ぐことで悲しみを癒《いや》そうとし、平作のところは子沢山で、残った七人の子供を育てることに懸命になっていた。

町で会う人すべてにお直の人相書を見せ、居どころを知らないか、きいてまわった。誰もが真摯《しんし》に見てくれたが、手がかりにつながりそうなものを得ることはできなかった。朝はやく家を出たのに、もう日が暮れてきた。冷たい風が疲れた体にしみる。

しかし、こんなことでめげてはいられない。明日はきっとなにかつかめる、と自らにいいきかせて、紋兵衛は霊岸島東湊町をあとにした。

六

今日も、お美保が枝折戸のところに立っていた。なにか話をかわすのもためらわれて、こんばんは、寒いね、とだけ声をかけて紋兵衛はなかにあがった。

「この前の続きですが」

留守中変わったことを告げたあと、鷹造が控えめな口調でいった。

「紋兵衛さんは、人捜しの前に商売をしていたといいましたね。なんだったんです」

それか、といって紋兵衛は味噌汁をすすった。具は、朝餉のほうが合うと思えるあさりだが、身がぷりっとして実にうまい。確か旬は初夏の頃のような覚えがあるが、さすがに鷹造で、いい物を選んでいるのだろう。

二人は、台所横の間で夕餉をとっている。

「すまんが、今は勘弁してくれ。そのうち話す。おまえさんのことばかりきいて悪いが」

気にしないでください、といわんばかりに鷹造が笑いかけてくる。

「どうやら深いわけがありそうですね」

「まあな。世話になっていたお人が亡くなったりして……」

「恩人の死ですか。恩人に限らず、近しい人に死なれるとつらいですよね」

「おまえさんこそ、なにかわけありみたいだな」

「そのうち話しますよ、ときが来たらね」

鷹造は片目をつぶってみせた。

「ところで、ほかに人捜しを生業にしている人っているんですか」

「どうかな。これまで同業者に会ったことはないが、江戸は広いからな、きっとどこかにいるだろう」

　飯茶碗を空にして、紋兵衛は膳に置いた。

「おかわりは」

「いやいい」

　本当はもう少し食べたい気分だったが、あまり肥えると動きが鈍りかねない。酒も昔は浴びるように飲んでいたが、今はつき合いで飲む程度だ。自らを厳しく律していないと、捜し屋という商売はつとまらない。長年続けてゆくうちに、紋兵衛はこの商売に深い愛着と誇りを持つようになっている。

「おまえさんはどうなんだ。俺は知り合えてありがたくてならないんだが、人相書の描き手で終わろうとは思ってないんだろう」

「もちろん、世に自分の名を売りたいという望みはありますよ。でも、紋兵衛さんの仕事ぶりを見ていると、このまま手伝いで終わってもいいかな、という気持ちになることもあります」

　鷹造はにやっと笑った。

「でも、そう思うのは本当にたまにですよ」

「それでいいよ。ここには、いたいだけいてくれていい」

「前にもいいましたけど、あっしはとても感謝してるんです。あのとき拾ってもらってなかったら、たぶん野垂れ死にしてたんじゃないかと思うんです」

この男と知り合ったのは、なじみの煮売り酒屋だった。

三年前、店の座敷で紋兵衛は一人飲んでいたのだが、衝立《ついたて》の反対側にいた男がいきなりほかの男といい合いをはじめ、取っ組み合いになったのだ。

それで叩きのめされて気絶した男を、懇意にしている店主に、紋兵衛さん一人暮らしだから頼むよ、といわれて一晩泊めてやったのである。

その翌日、出奔《しゅっぽん》したせがれを捜してほしいという依頼が来て、せがれの特徴をききながら紋兵衛がいつものように人相書を描いていると、不意に横の襖《ふすま》があいた。

隣の間で寝ていたはずの鷹造が一枚の紙を手に、入ってきた。顔にはれぼったさなど微塵もなく、瞳をきらきらと輝かせていた。

「どうです」

手渡された紙は人相書だった。一目見て紋兵衛はそのあまりの巧みさに仰天し、自らの稚拙《ちせつ》さに否が応でも気づかされる羽目になった。鷹造の人相書を目にした依頼者も、せがれです、と断言した。

その人相書をもとに、紋兵衛は失踪者を捜した。これまで自分で描いていたときとは手応えがまるでちがい、せがれは無事に見つかった。

うまい人相書の描き手はほかに何人か知っているが、鷹造がそれらとちがうところは、描かれた人物に色濃く表情があることだ。自ら姿を消したような者の場合は悲しみや苦しみ、迷子のような場合には、今どれだけ心寂しい気持ちでいるかなど、依頼者の言葉からいなくなった者の心を見抜き、それを見事にあらわせる力があるらしい。

鷹造が来てから、紋兵衛の人捜しの能力は明らかに伸びたし、それが評判を呼んで、依頼が途切れることなくつながるようになった。

これらのことが重なって、紋兵衛は鷹造を手放せなくなってしまったのである。

七

「まちがいないですか」

ようやく手がかりらしきものをつかんだようだ。いや、勘が、まちがいないと告げている。

あくる日、再び霊岸島東湊町にやってきた紋兵衛は、さまざまな人に話をきいてまわっているとき、子供の遊び声に誘われるようにふと隣町の銀町《しろがねちょう》に足を延ばしたのだ。

そこは、徳川家の家門で越前福井松平《えちぜんふくいまつだいら》家の広大な中屋敷の陰に建つ裏長屋だった。

「本当に十月の大火で焼け死んだなかにおみちという人がいたんですね」

「まちがいないよ」

女房は細い目を大きくひらくようにして、いった。

「あんたが捜しているような子供じゃなくて、もう十八だったけどね」

「そのおみちさんの両親の住まいを」

「いや、知らないねえ」

「でも、おやすさん」

紋兵衛との話をききつけて、隣の店《たな》から出てきた別の女房が呼びかける。

「あのおみちさんて人、確か許嫁《いいなずけ》のところに遊びに来ていて逃げおくれたんじゃなかったかしら」

「ああ、そういえばそうだったわねえ」

女房は紋兵衛に目を戻した。

「だから許嫁のところに行けば、おみちさんの身許はわかると思うわ」

紋兵衛はさっそく東湊町一丁目にある前川屋《まえかわや》という畳屋に向かった。

いぐさのかぐわしい匂いが店先に漂い出ている、小ぢんまりとした一軒家である。先ほどの女房は、連れ合いが前川屋の主人と幼なじみという関係から話をきいていたのだ。

おみちの許嫁は龍蔵《たつぞう》という若い畳職人で、紋兵衛は親方にしっかりと理由を告げてから、外に出てもらった。

「ええ、おみちちゃんは手前の許嫁です」

そのいい方から、おみちという娘をいまだ生きているように想っているのだな、と高い鼻を持つ顔を見つめて紋兵衛は思った。やつれたような陰が端整な両頰にあるのは、許嫁を失った傷がいまだに治りきっていない証だろう。

「おみちさんの両親が今どこにいるかを知っているね」

「ええ、まあ」

わずかに警戒しつつ答える。

「でもなぜそんなことをきくんです。そのお直ちゃんという女の子の行方知れずに、二人が関係してるんですか」

紋兵衛はいうべきか迷った。いわずに口をひらかせることはできない、と判断した。

「これは口外しないでほしいんだが」

理由を告げられて、さすがに龍蔵は驚いた。

「二人がその子をかどわかした……まさかそんな」

すぐに、はっとした顔になった。

「思い当たることがあるようだが」

「いえ、思い当たるというほどのものじゃないんですが」

紋兵衛は黙ってきく姿勢をとった。

「おみちちゃんが死んで、おっかさんのおろくさんが、心の病というんでしょうか、少しおかしくなってしまったんです。大事な一人娘を失ったんですから、無理はないんでしょうけど」

龍蔵は深い悲しみを瞳にたたえた。母親がそうなったのは自分のせいだ、といわんばかりの表情だ。そのまま話し方を忘れてしまったかのように口を閉じている。

「おかしくなったというと、どういうふうになったのかな」

「ああ、すみません」

我に返ったようにいう。

「おろくさん、昔に返ったようになってしまってるんです。おみちちゃんがまだ幼かった頃に」

龍蔵はいったん言葉をとめ、それからまた話しだした。

「おみちちゃんが幼い頃、火事で行方がわからなくなったことがあったそうなんです。そのとき二人は、文字通り死に物狂いで捜しだしたそうなんです。なので、おろくさんがそのお直ちゃんをおみちちゃんと勘ちがいして、というのは考えられないことでもない、と……」

そういうことか、と紋兵衛は思った。お直を連れ去ったのはおろくにまちがいない。

紋兵衛は人相書を龍蔵に見せた。

「これがお直ちゃんですか。おみちちゃんには似てないですね。でもおみちちゃんの幼い頃を知らないんで、なんともいえないんですけど」

「二人はどこに住んでいる」

一瞬躊躇しかけたものの龍蔵は口にした。その場所を紋兵衛は頭に叩きこんだ。

「あの、紋兵衛さん、くれぐれも二人にはあっしからきいたことはいわないでください」

龍蔵が懇願する。

「おみちちゃんが死んじまったのは、あっしのせいなんです。あの晩、おみちちゃん、あっしの長屋に食事をつくりに来ていたんです。知り合ってちょうど三年になる日だからって。ええ、一年目二年目にも同じことをしました。あの晩、あっしはそのことを忘れていたわけじゃなかったんですが、友垣と七つ前から飲んでて、それで帰りがおそくなっちまって……。いや、正直にいいましょう。忘れてたんですよ。あっしの帰りを待っておみちちゃんはあんな刻限まで長屋に……。俺がいつも通りに帰っていたら、死ぬことはなかった。まさか出会った日が命日になっちまうなんて……」

なんと言葉をかければいいのか、紋兵衛にはわからなかった。

八

数寄屋橋近くの新肴町《しんさかなちょう》の裏店《うらだな》です、と龍蔵はいった。新左衛門店《しんざえもんだな》といいます。

龍蔵がいった通りの場所に長屋はあった。ごちゃごちゃした感じのせまい道に、長屋の木戸は面している。

七つの店同士がはさみこんでいる路地に人影はない。紋兵衛は、右側の五つ目の店の前に立った。

障子戸に紙、と大書されている。どうやら夫の宮之助《みやのすけ》はここで紙漉《かみす》きをしているようだ。

長屋を仕事場に紙を漉くのは珍しいことではない。紙漉き専用の漉槽《すきぶね》という物があり、日常つかわれる程度の大きさの紙はいくらでも漉くことができる。

ここは裏店といってもかなり広そうだ。間口九尺、奥行二間のつくりではない。上質の着物を着ていたという目撃談からして、宮之助はかなりいい腕をしているのだろう。

紋兵衛はじっと耳を澄ませた。

紙を漉いているらしい水音がきこえる。それ以外はなにも耳に届かない。

どうするか。戸をあけて、なかを確かめるか。

木戸を誰かが入ってくる気配。すっとその場を離れた紋兵衛はさりげなくそちらへ目を向けた。

一人の女が幼い娘の手を引いている。紋兵衛は娘の顔を見た。お直かと思ったが、ちがった。年格好は似ているが、人相書とは別の娘だ。

あれ、と紋兵衛は女の子をちらりと見直した。下顎のところに目立つほくろがある。偶然だろうか。

娘は女の手をかたく握り締めてなついている様子だが、紋兵衛を見て、はっと体をすくませた。

「あの、どなたですか」

不審さをあらわに女が声をかけてきた。

これがおろくだろうか。表情からはおかしい様子などまったく感じ取れないが、どことなく声を若くつくっているように思えた。おこんがたまにだす声に似ている。

「ああ、すみません。こちらの長屋に、喜左衛門《きざえもん》さんという方がおられるはずなんですが、どちらの店でしょう」

おろくは首を振った。そんな仕草にも、娘のような感じがあらわれている。

「喜左衛門さんだって。ここにはそういうお人はおりませんよ」

「ああ、そうですか。失礼いたしました。どうやら道をまちがえたようです」

木戸を出た紋兵衛はほんの一瞬立ちどまり、二人がさっきの店に入ってゆくのを見た。

やはり女の子はお直で、女はおろくなのだ。

これはどういうことだろう、と紋兵衛は人相書を取りだした。鷹造が描きはじめて、ここまで似ていないのははじめてだ。

しかも、無理に連れ去られたはずなのに、お直がおろくになついている様子なのはどう説明すればいいのか。

人相書を描いたとき、鷹造の様子がおかしかったことを紋兵衛は思いだした。

あらためて人相書に目を落とす。なにかがいつもとちがう。じっと絵を見つめ続けた。

これまでのものと異なり、この絵には感情があらわれていないことに気づいた。鷹造がとまどっていたのは、そのあたりをうまく描けなかったからではないのか。

九

一度家に寄り、鷹造と話をかわした紋兵衛は滝山町に足を踏み入れ、与之助の知り合いという男を訪ねた。

「ああ、あんたかい。女の子は見つかったのかい」

「もう一度力をお借りしたくてやってきました」

紋兵衛は新たに鷹造に描かせた人相書を見せた。

「誰なんだい、この二人は」

やはりな、という思いが胸をひたした。

しかし、まだこれだけでは十分ではない。

「与之助さんたちに近しい血縁はいますか」

お妙の姉夫婦と親しくしていたことを男は教えてくれた。名と住みかをきき、丁重に礼をいって、紋兵衛は滝山町をあとにした。

道を急ぎつつ、紋兵衛は、鷹造の言葉を思いだした。

「その通りです。あの二人は上っつらだけを語っている感じでした。伝わってくるものがまるでなかったんです……」

西久保葺手町《にしのくぼふきでちょう》に入った。六月二十四日に参詣すると千日分のご利益があるといわれる愛宕《あたご》権現の裏手に当たる町だ。

お妙の姉夫婦を訪ねる。立派な一軒家で、訪《おとな》いを入れるとすぐに座敷に通された。

二人とも長旅を終えたばかりのような疲れきった表情をしており、その憔悴《しょうすい》ぶりから、ここ最近、ほとんど食事が喉《のど》を通っていないのでは、と思われた。

「人捜しを生業にされているのですか。でしたらちょうどよかった」

腰をおろした紋兵衛に、二人は霊験《れいげん》あらたかな観音でも拝むような瞳を当ててきた。

「捜してもらいたい者がいるんですが」

夫の福太郎《ふくたろう》がいい、横で女房のお千勢《ちせ》も深くうなずいた。

「妹さん夫婦ですか」

紋兵衛が先んじていうと、夫婦は目をみはった。

「どうしてご存じなんです」

「それは少しお待ちください」

紋兵衛は、どういう形で妹夫婦とつなぎがつかなくなったのか、二人にたずねた。

「加賀町を火元にした三日の大火のあとです。山下御門近くの滝山町に住んでいたんですけど、あの町も燃えちまいましたから、もしかすると焼け死んでしまったのかと思いますが。実際に両替屋の早島屋さんから余分などいいますか、数に入らない死骸が二つ見つかったそうですし」

福太郎は言葉を切った。

「無事なら当然この家に身を寄せなきゃいけないんですが……。でも、お直の死骸は出ていないようですし。お直が生きているのなら、二人も大丈夫ではないか、と思いまして懸命に捜したんですが……」

福太郎は言葉を途切れさせた。

「手前どもはとても仲がよく、行方が知れなくなる直前も一緒に食事をしていたくらいなんです。こいつがとても包丁が達者で、与之助さんも、同じ腹から生まれたのになんでこんなにちがうんだ、なんてお妙さんに笑いかけたりして……」

「では、食事をしたのは福太郎さんの家ですか」

「そうです」

「その日、三人は何刻頃《なんどき》にこちらを出たんです」

「手前が引きとめてしまい、五つ半をすぎてたんじゃないかと。泊まってゆけばとも勧めたんですが、与之助さんが朝がはやいからと、帰っていったんです。与之助さんは海苔《のり》の行商をやってるんで」

「海苔の行商ですか。煙管の職人ではなく」

「ええ、海苔を売り歩いています。物がいい割に安いということで、お得意さんも多いときいてますが……」

「行商をしているのなら、冬といえども日に焼けてますすね」

「はい、色はかなり黒いです」

「与之助さんたちは何度かこちらに遊びに来てますね。この家から与之助さんたちがどういう道筋で帰っていたかご存じですか」

「ええ、存じています。まず西久保通を北に向かいます」

それから藪小路《やぶこうじ》を右に折れ、佐久間小路《さくまこうじ》に入って広小路通を左に曲がる。お堀にぶつかったら土橋を渡り、加賀町と南佐柄木町の角を右に入る。そうすると、あと十間ほどで家に着く。

「最後の角に早島屋がありますね。もしや、そこは店の裏口に当たるのではないですか」

「その通りです。……でも紋兵衛さん、なぜそんなことをきかれるんです」

翌朝四つすぎ、紋兵衛は竜祥寺の離れで夫婦と向き合っていた。ほとんど人けの感じられない小寺で、本堂だけでなく離れもかなり古く、縁側は半分腐り落ちている。

「お直ちゃんが見つかりました」

紋兵衛がおごそかな口調でいうと、与之助は腰を浮かせ、満面に笑みをたたえた。

「さすがは紋兵衛さんだ。評判通りですね」

座り直し、身を乗りだす。

「娘はどこにいるのです」

「その前に事情を説明します」

紋兵衛は、どういう経緯でお直がその夫婦のもとに行ったかを語った。

「火に追われて逃げ惑っていたところを夫婦に助けられた……」

「ですので、その夫婦を責めないでいただきたいのです」

「もちろんです」

「ええ、この人のいう通りです。助けていただいたのですから、私どもとしては手厚くお礼をしなければなりません」

「紋兵衛さん、お直はどこにいるんです」

与之助がせかす。

「では、これから案内します」

「あの、紋兵衛さん。すみません」

立ちあがろうとした紋兵衛を与之助が制した。

「居場所を教えてさえくだされば、手前どもだけで出向きます。できれば、親子水入らずにさせていただけませんか」

紋兵衛は黙ってかぶりを振った。

十

「いやあ、おまえさんのおかげでものすごく売れたぜ。感謝の言葉もない」

「借りを返せたかな」

「もちろんさ。というより、こっちが借りをつくっちまったな」

岩之助は心底うれしそうだ。

「一席設けるよ。どんなところでもいいぜ」

「そんなに儲かったのか」

「おまえさんに、うまい酒をたらふく飲ませてやれるほどにはな」

二人は今、紋兵衛の家の縁側に並んで座っている。春を感じさせる明るい陽射しで、ときおり吹く風はさすがにまだ冷たいが、それでもいっときよりはだいぶましになっている。

「はやく顛末をきかせてくれ」

紋兵衛は、湯飲みを握る横顔に声をかけた。

「なんだ、まだ知らないのか」

「詳しいことはな。それを教えるために来てくれたんじゃないのか」

「だって読売、読んだんだろうが」

「岩さんからじかにききたくて、実は読んでないんだ」

「なんだよ、薄情なやつだな。心血注いで書きあげたのに。一席は取り消しだな」

「じらさんで、はやく教えてくれ」

「わかったよ。でも、おまえさんが知っている以上のことはたぶん話せないぜ」

岩之助が唇を湿した。

紋兵衛が竜祥寺をあとにしたのち、与之助、お妙と名乗った夫婦が山門を出てきた。

急ぎ足の二人は道を南に取った。

むろん、そのとき竜祥寺には町奉行所の網が張られていた。

ただし、悪党として相当勘が働くのはまちがいないだろうから、尾行には選り抜きの者数名のみがつけられた。

二人はつけられていることに気づかず、新肴町の新左衛門店にやってきた。木戸をくぐって路地に入りこんだが、宮之助、おこん夫婦の店を訪ねることなく、ひたすら店の中の気配を探ることに没頭していた。

やがて与之助が木戸を出、お妙だけが長屋の路地に残った。紙と大書された障子戸を叩いたお妙は、ほんの二言三言なかの誰かと言葉をかわしただけで戸を閉め、木戸の外で待っていた与之助と肩を並べて道を歩きはじめた。

お直が本当にそこにいるか、確かめただけなのは明白だった。

二人は竜祥寺方面に歩を進めていたが、足をとめたのは四ツ谷仲町《なかちょう》にある一軒の商家の前だった。

佐脇屋《さわきや》という古着を扱う店で、それなりに繁盛している様子に見えた。

二人が暖簾《のれん》をくぐっていったあと、一人の手代ふうの男が外に出てきた。背中に風呂敷包みを背負っており、これからどこか得意先へ品物を届けるという風情だった。

四半刻後、ばらばらにあらわれた六名の男が佐脇屋の奥へ次々に姿を消した。最初に出ていった手代ふうの男も戻ってきた。

それから半刻、もう誰もやってこないのを見極めたのち、町奉行所の捕り手が店を急襲した。

男たちは激しく抵抗したが、数で大きくまさる捕り手に一人残らず捕縛された。

「やつら、宮之助さんたちが寝静まったところを襲い、殺す気でいたようだ」

紋兵衛は相手の正体を知りつつも、あえてお直の本当の居場所を告げている。真実を知らせないと、警戒心と猜疑心《さいぎしん》が異様に強いはずの者どもに隙を生ませることはできないと踏んだのだ。

紋兵衛が与之助、お妙と名乗った二人が早島屋に押し入った賊の一味ではないかと考えたのは、やはりお直のおびえた顔だった。

いったいなににおびえているのか。

おそらくお直の一家は、押しこみを終えて早島屋の裏口を出てきた賊どもと鉢合わせしてしまったのだ。本物の与之助とお妙はつかまり、お直だけが逃げた。

住みかと子供の名を吐かされた与之助とお妙は殺され、死骸は早島屋に運びこまれた。

やつらが早島屋に火を放ったのは、二人の身許をわからなくするためだ。つまり、このとき首領の頭には、顔を見たお直を捜しだす手立てとして、紋兵衛のことがすでにあったことになる。

お直の人相書が似ていないのは当たり前だった。偽の与之助は闇のなか、一度しか顔を見ていないのだから。

おそらく評判だけをきいていた偽の与之助は、まさかあそこまで精緻《せいち》な絵を描く男が紋兵衛のもとにいるとは思いもしなかったのだろう。

火事が起きてあたりをうろついていた宮之助、おろく夫婦は、横道からいきなり走り出てきて宮之助にぶつかり、気を失ったお直を新肴町の長屋に連れていった。

「正気をなくしたおろくさんを憐れんで、宮之助さんは火事のたびに女房につき合っていたらしいよ」

干菓子を口にして岩之助がいった。

「おまえさんに、お直ちゃん捜しを依頼してきた男が首領だ。おまえさん、役者みたいな顔をしていたといったが、それもそのはず、役者崩れさ。女は、役者の頃の首領に熱をあげていて、いつからか情婦《おんな》になったらしい」

「お直ちゃんはどうなった」

「本当になになにも知らないんだな」

あきれたようにいう。

「捜しだしたあとなに一つ関与しないっていう態度は尊重するけどな。……姉夫婦に引き取られることになったよ」

「宮之助さんたちは」

「しばらくは気が抜けたみたいになっていたようだが、新しく子供をもらうみたいだな」

「そうか。それなら、きっと暮らしにも張りが出るだろう」

紋兵衛は深くうなずいた。

十一

「あれ、紋兵衛さん、久しぶりですね」

厨房の大鍋で煮しめをつくっている主人が声をかけてきた。

「お手柄だったですね。悪人どもは残らず獄門になったそうですよ」

以前繁く通っていた煮売り酒屋の相模屋《さがみや》は、まだ八つすぎということもあるのか、早仕舞らしい数名の職人がいるだけで、客の姿はまばらだ。

「手柄なんてとんでもない。当たり前のことをしたまでさ」

土間で草履《ぞうり》を脱ぎ、紋兵衛はどっこらしょと座敷にあがった。

あるじの女房がちろりを持ってきた。どうぞ、と勧める。

「お菜加《なか》さん、まだなにも頼んでないよ」

「店のおごりです」

「そうか。じゃあ遠慮なく」

紋兵衛は満たされた杯をくいっとあけた。久しぶりに口にした酒に、一瞬、目の前がふらついたような気がした。

「鷹造さんは元気ですかい」

強い火にあぶられて、あるじの吉右衛門《きちえもん》の顔は赤く染まっている。

「ああ、おかげさんでな。誘ったんだが、描きたい絵があるらしくて閉じこもってる。親父さんには感謝してるよ。あいつを連れ帰るようにいってくれたおかげで、こちらも商売繁盛だ」

「それはよかった」

吉右衛門はちらりと紋兵衛を見た。

「なにかいいことがあったみたいですね」

「わかるかい」

煮しめや刺身、酒一合で腹を満たした紋兵衛はふらりと相模屋を出た。

家まではほんの一町ばかり。

酔いなどさして感じていないが、いい気分であることに変わりはない。

桜にはまだだいぶはやいが、ゆるんできた大気にはあたたかさが混じり、寒さは苦手としていないとはいえ、冬が去りつつあるのを実感できるのはありがたい。

いい笑顔をしていたな、と紋兵衛は思った。おびえの色などどこを捜してもなかった。あたたかな伯母夫婦や仲のいい従兄弟に囲まれて、とても幸せそうだった。

両親を失った悲しみ、苦しみは当分癒えはしないだろうが、あれならきっと立ち直るのもそう遠いことではあるまい。

お直の笑顔に、紋兵衛は一つの仕事が終わったことを実感している。

足音が近づいてくる。

顔をあげると、派手な着物に濃いすね毛が目に飛びこんできた。

「紋兵衛さん、お客です」

紋兵衛はきりりと顔を引き締めた。

花見

一

人がじろじろ見ている。

「ちょっと旦那、寝転んじゃまずいですよ」

善吉《ぜんきち》が体を揺する。

「いくらなんでも、町方同心の体裁ってもんがありますよ」

河上惣三郎《かわかみそうざぶろう》は起きあがった。

「こうすりゃあわからねえだろ」

黒羽織を脱《ぬ》ぎ、枕にした。それでも善吉は横に動き、惣三郎をできるだけ人目から隠そうとした。

「善吉、おめえも寝てみな。気持ちいいぜ」

広尾原《ひろおのはら》と呼ばれるだけあって、広々した草原だ。見晴らしのいい高台になっており、波のように盛りあがる大地一面をおおう草が、春真っ盛りの陽射しをやわらかく照り返している。風に吹かれる鮮やかな緑がいっせいに同じ方向になびくのが、まるで水草のようだ。

重兵衛《じゅうべえ》のいる手習所の白金堂《しろがねどう》から西へ四町ほどしか離れていないが、すでに白金村《しろがねむら》ではなく、下渋谷村《しもしぶやむら》と下豊沢村《しもとよさわむら》の入会地《いりあいち》となっている。

だからといって町人の立ち入りが禁じられているわけではなく、今も土筆《つくし》とりにやって来ている者の姿が多く見られる。薄《すすき》の名所としても知られ、秋には鈴虫《すずむし》、松虫《まつむし》など虫の音をきく集まりが催される。

桜の木は半町ほど先に立つ一本だけだが、巨大な老木で、幹は異様なほど太く高く、花を一杯に咲かせた枝を重たげにしならせている姿は、神木と呼んでもなんらおかしくはないおごそかさに満ちている。

大勢の人がその木の下で酒を飲んだり、持参した団子や餅、鰺《あじ》や鯖《さば》などの押鮨に舌鼓《したつづみ》を打っている。大声で歌っている者も多い。

惣三郎は上体を起こした。

「善吉、団子だ」

「もう食べるんですか」

「ああ、腹が減った。花より団子ってのは至言だな」

「ろくに働きもしないくせに一人前に腹は減るんだよな」

善吉がぶつぶついっている。

「善吉、きこえてるぞ」

「きこえるようにいってるんですよ」

善吉は竹皮包みの紐をほどいた。竹皮のなかにみたらし団子が六本並んでいる。

「なるほど、うまそうだな。どれ、さっそくいただこうじゃねえか」

惣三郎はかぶりついた。

「いけるな。どうだ、善吉」

「うん、こりゃうまいですね」

続けざまに三本を胃の腑におさめた惣三郎は腰から竹筒を取りだし、ごくりとやった。

ぷはーと満足げに息を吐く。

「旦那、まさか」

「花見に来たのに酒なしじゃ、画竜点睛《がりょうてんせい》を欠くってもんだろうが」

「その言葉のつかい方はおかしいような気がしますけど」

「おめえも飲むか」

「けっこうです」

「しかし、善吉、いい陽気だな。寒がりだから、うれしくてならねえだろ」

「旦那ほどじゃないですよ。でもあったかくなると、変なのが多くなりますからね。桜は人を惑わすといいますし、陽気は妖気ともいうそうですから、注意しなきゃいけませんねえ、旦那」

「なんだ、その目は。俺がその変なのっていいてえのか」

「旦那は別に春に限らないですから」

「おっ、見ろ、善吉。きれいな娘がいるぞ」

近くを歩いてゆく若い娘に善吉が目を奪われた隙に、惣三郎は四本目の団子を手にした。

大あわてで口に突っこみ、竹筒を空にして再び寝転がる。

「旦那、ありゃきれいというほどの器量じゃや。あれ。旦那ぁ、ひどいですよ」

「もっと食いたきゃ、買ってこい。銭はあるぞ」

「いいですよ、もう」

ときがたつにつれ、さらに花見客は増えてきた。桜を中心に、大きな輪が五つほどできている。

「にぎやかなもんだな。江戸は今日も平和ってことだなあ、善吉」

善吉は答えない。

「なんだよ、団子一本ですねてやがんのか」

「ちがいますよ」

善吉は真剣な目を右手に向けている。

「なにか様子がおかしいんです」

惣三郎はむくりと起き、目を凝らした。

桜の木からやや離れた場所に陣取っている者たちが、妙なざわつきを見せている。五つの輪のうち最もあとにやってきた連中で、総勢で二十人はいる。

きゃあ、と女の悲鳴があがった。

うわっ、抜いたぞ。危ねえ、逃げろ。花見客が、暴れ馬にでも突っこまれたようにその場を離れる。一気に遠ざかることはなく、誰かを囲む輪ができた。

すばやく立ちあがった惣三郎は背伸びをして、輪のなかを見た。

抜き身を手にした侍が、一人の町人の前に立っている。

「父の仇《かたき》。ようやくめぐり合えた」

侍が声を放つ。

「逃しはせんぞ。尋常に勝負せい」

「人ちがいだ」

「人ちがいではない。きさまは父の仇だ」

いきりたつ侍とは異なり、町人のほうは明らかに及び腰だ。血の気を失った顔は死人のように真っ青で、手足がぶるぶる震えている。

「旦那、たいへんですよ」

惣三郎はあわてて走りだした。酔いがまわり、草に足をとられて体がふらついた。気がつくと、草の上に倒れこんでいた。

「旦那、大丈夫ですか。しっかりしてください」

善吉に引っぱられ、惣三郎は立ちあがった。

「吐きそうだ」

「だから飲まなきゃよかったんですよ」

「今さらいってもしょうがねえだろ」

惣三郎は吐き気をかろうじてこらえ、また駆けだそうとした。

侍が腰から脇差を鞘《さや》ごと抜き取り、前に放り投げたのが見えた。

「丸腰相手では仇討《あだうち》にならん。つかえ」

「誰に頼まれた」

脇差には目もくれず、町人が吠えるようにいう。

その言葉が耳に飛びこんできた瞬間、惣三郎は耐えきれなくなった。草の上に手をつき、げえ、と吐く。大丈夫ですか、と善吉が背中をさする。

「なんの話だ。はやく抜けい」

いい放って侍がじりと近づく。

「抜かんのならこのまま斬り殺してやる」

惣三郎は体が楽になったのを感じた。再びよたよたと走りだす。

町人は脇差を手にし、腕をがくがくさせながらなんとか抜いた。構えてはいるものの、剣術の心得がまったくないのは明らかだ。

間合を一気につめた侍が刀を振りおろそうとする。しかし草で足を滑らせ、たたらを踏むような格好で町人に抱きついた。二人はもみ合う形になったが、もつれた糸が解《と》けたようにさっと飛びのいた。

「どけ、御用だ」

ようやく輪の外にたどりついた惣三郎は十手《じって》を取りだし、人垣を押しのけようとした。だが、また吐き気が襲ってきて、ほとんど声が出ない。

「御用だ、御用だ、ほら、とっとと道をあけな」

代わって善吉が大声でいい、町人たちがよけるところを惣三郎は通り抜けた。

そこで目にしたのは、八双《はっそう》に構えた刀を侍が横に振り払ったところだった。

町人は脇差で受けようとしたが、次の瞬間、膝《ひざ》を地面についていた。

脇差を捨て、腹を押さえている。そこからおびただしい血が流れはじめている。

まわりの者たちから、おお、とどよめきがあがった。

町人の前に立った侍は刀を振りあげた。町人が力のない瞳で見あげる。

待てっ。惣三郎は声をあげた。

覚悟っ。刀が一閃《いっせん》した。

肩先を割られた町人は、刀の勢いに引っぱられたように前のめりに倒れた。もはやぴくりともせず、血の海に体を浸している。

「なんてことするんだ」

我に返ったようにいって、一人の男が侍の前に立ちはだかった。

「あるじが仇だなんて。あんた、いったいなにをいってるんだ。人ちがいだ」

あなた、あなた。涙を流しながら若い女が死骸に駆け寄り、抱き起こそうとした。

「人ちがいなどではない」

顔を紅潮させてはいるものの侍は静かな口調でいい、懐紙でていねいに拭《ぬぐ》ってから刀を鞘におさめた。

「役人を呼んでもらおう」

侍がいい放った。

二

「その必要はない」

惣三郎は声をかけた。

「旦那、これを」

追いついた善吉が黒羽織をかける。惣三郎は袖を通した。

「善吉、名主のところでも手近の自身番でもいいから、ひとっ走り頼む。応援を呼んできてくれ」

駆けだした善吉を見送った惣三郎は十手を侍に見せつけた。それから、ものいわぬ死骸を見おろす。

「ちょっとすまねえな」

死骸にすがりついている女に声をかけ、脇にどいてもらう。

ひざまずいて、死骸をあらためる。もっともこれは形式上のものでしかない。死因ははっきりしているのだ。かっと目を見ひらいた顔は青さを通り越し、どす黒くなっていた。

小袖は絹で、かなりの上物《じょうもの》だ。

惣三郎は立ちあがり、侍に問うた。

「あんた、名は」

「長倉滝五郎《ながくらたきごろう》」

「この仏さんが父親の仇というのは確かなのか」

「むろん」

「仏さんは、誰に頼まれたっていったよな。これはどういう意味だ」

「知らぬ」

「この言葉が真実を衝《つ》いてるとしたら、仇討っていうのは怪しくなるぞ」

長倉はさげすむ目をした。

「不浄役人といえども侍だろう。侍が、長年追い続けた仇を見まちがえると思うか」

惣三郎は見返した。

「長年か。だがあんた、仇討旅の途上らしくねえな。いかにもくたびれたって感じがほとんどねえ」

質問を続けようとした矢先、惣三郎はこちらを目指して駆けてくる黒羽織に気づいた。

むっと顔をしかめる。

「あの野郎、なんで」

近づいてきた竹内《たけうち》が右手をあげる。うしろに竹内の中間《ちゅうげん》、岡っ引、手下、そして善吉が続いていた。

「おう、惣三郎、知らせはもらった」

惣三郎は頭を下げた。

「ご苦労さまです。でも、どうして竹内さんがこんなにはやく」

「俺が来たのが不満か」

「滅相《めっそう》もない。近くで事件でも」

「いや、見まわりですぐそこまで来てたんだ。そしたら善吉とばったり会ってな。これが仏さんか」

竹内はかがみこみ、死骸を見つめた。

「最初に腹を斬られ、次にとどめの袈裟《けさ》斬りってとこだな」

つぶやくようにいって、立ちあがる。

「惣三郎こそ、なぜこんなにはやい」

「ええ、なにしろ春は珍事件が頻発しますので、必ずこのあたりでなにかが起きる、と勘が働きまして。最近は心を入れ替え、仕事第一になりましたから、きっと仕事の神さまが見ていてくれたんでしょう」

「おまえ、場末の盛り場みたいなにおいをさせてるな。それはまあいいが」

竹内が眉《まゆ》をひそめ、小声でいう。

「……まさか、また蕎麦《そば》を食いに来てたんじゃないだろうな」

「とんでもない。蕎麦なんて子供の頃から大きらいです。なあ、善吉」

「その通りですよ、竹内の旦那。今日は、新しい団子屋の味を確かめに来ただけです」

遊山《ゆさん》の者を目当てに白金村にできた団子屋がうまいと評判で、惣三郎はいても立ってもいられなくなったのだ。

「どこが心を入れ替えただ。まったくしょうがねえ野郎だ」

「あんたら、いつまで待たせるんだ」

かたく腕組みをした長倉がいった。

「おぬしは」

「本懐を遂げた本人だ」

目をみはった竹内がさっそく事情をききはじめようとした。気がついたように振り返る。

「惣三郎、おまえは仏さんのほうの者に話をきけ」

「わかりました」

善吉をぽかりと殴りつけておいてから、長倉に食ってかかった男に歩み寄る。

「あんたは」

「太兵衛《たへえ》と申します」

少しつっかえ気味に答えた。

「仏さんとの関係は」

「旦那さまです。手前は番頭をつとめています」

三角の眉は富士の山のように見え、目は細く、鼻はあぐらをかいている。両唇《くちびる》ともに薄く、鬢《びん》には白髪が混じっている。

「あるじの名と歳は」

「角吉《かくきち》と申します。歳は二十六です」

「若いな。こんなにはやく人生に幕をおろすことになるとは思ってなかっただろうに」

惣三郎は、再び死骸の上で泣きはじめた女に目を転じた。

「女房か」

「はい、おいねさんと」

「ちょっとここではききづらいな」

惣三郎はつぶやき、太兵衛を桜の陰に連れていった。

死骸を見たばかりというのもあるのか、はらはらと落ちてくる花びらはこの世のはかなさを覚えさせる。

「店の名は」

「真純屋《ますみや》と申します」

「酒問屋じゃねえか。確かくだり物は一切扱わず、地のいい酒ばかりそろえてるんだよな。小売もしてくれるし」

「はい、よくご存じで」

「こいつにたまに買いに行かせてるんだ」

うしろの善吉を指さす。店は霊岸島《れいがんじま》の塩町《しおちょう》にあり、八丁堀《はっちょうぼり》の組屋敷からは四町ばかりの距離だ。

「うめえ酒ばかりだよな。最近は、俺の好きな酒がなくなっちまったみてえだが。花之錦《はなのにしき》ってえ酒だが」

「申しわけございません。杜氏《とうじ》さんが代わって味が落ちたということで、入ってこなくなってしまいまして」

「味が落ちたか。そんなふうに思ったことはなかったが。まあ、そういう事情なら仕方ねえな」

瞳からやわらかな光を消し、惣三郎は番頭をにらみつけた。

「仇討ってことだが、角吉は人を殺せるような男なのか」

「とんでもない。やさしいお人で、奉公人もとてもかわいがっておられました」

「しかし、蚊も殺せぬっていうほどでもねえんだろ」

「それはそうですが……」

「角吉が仇持ちだったかどうかはこの際、置いておこう。角吉が、誰に頼まれた、っていったのは覚えてるな」

太兵衛は目をひきつらせた。

「は、はい」

「意味はわかるよな。角吉を殺すよう、あの侍に誰かが頼んだということだ。角吉にうらみを持つ者に心当たりはないか。それか、死んでもらって得をする者だ」

「手前に心当たりは……」

「もっとよく考えろ」

「そう申されましても……」

惣三郎は十手を突きつけた。

「おめえはどうなんだ。あるじが死んで、店はおめえの自由になるんじゃねえのか」

「そんな。一介の番頭風情にそんなことできるはずが」

「でもおめえ、あるじが討たれるのを黙って見てたよな。どうして助けなかった」

「抜き身というのをはじめて目にして体がかたまってしまいまして。それに、動けたとして手前になにができたものか」

「まあ、よかろう」

惣三郎はそっけなくいい、問いの方向を変えた。

「今日はどうしてここに。店は休みか」

「はい、お休みにいたしました」

「ふつうならあけてる口ぶりだな」

「ええ、休みの予定はございませんでした。旦那さまを元気づけるためでございます」

「どういうことだ」

「ええ、旦那さまはここ最近、ふさいでおりましたので花見でもやってお酒を召しあがれば気分も晴れるのでは、と……」

「誰が花見をやることに決めた」

「手前です。白金村に店の別邸があるもので、便利がいいものですから」

「ふーん、そうか。おめえがな。決めたのはいつだ」

「十日ほど前でございます」

「あの侍と面識は」

太兵衛は目をみはった。

「ございません」

「本当か。正直にいえよ。調べりゃ、すぐわかるんだぜ」

「そんな。本当にございません」

「あるじがふさいでた理由は」

「手前も何度もきいたのですが、答えていただけませんでした」

「商売がうまくいってなかったとか」

「それはございません。それに、河上さまもご存じでしょうが」

「なんだ、俺を知ってるのか」

「もちろんでございます」

惣三郎は善吉を振り返り、小声でたずねた。

「たかったこと、あったかな」

「いえ、覚えてないです。あまりにそういう店が多すぎて……」

「善吉、おめえ、人ぎきの悪いことを」

「あっ、竹内の旦那がにらんでますよ」

惣三郎はあわてて太兵衛に向き直った。

「続きをきこうか」

「あ、はい。……もともと商家のあるじというのは、商売にはあまりかかわらず、同業者との折衝や近所の者たちへの世話というほうに重きを置いておりますし」

「そりゃ知ってるが、商家のあるじすべてが商売にかかわらんということはあるまい。角吉はどうだったんだ」

「はあ、熱心でございました」

「あまり上手じゃなかったようだな」

「婿に入られた上にまだお若いので、無理からぬことです」

「ほう、婿なのか。いつ店に」

「三年前でございます」

「女はどうなんだ。妾はいたのか」

「いえ、いなかったものと」

「女房とはうまくいってたのか」

「はい、仲むつまじいお二人で」

「女房に男は」

太兵衛は仰天した。

「とんでもない」

「婿をもらったのだって、親同士が決めたんだろ。本意じゃなかった、ってことも考えられるだろうが」

「いえ、しかしそれはございません」

「女房はいくつだ」

「二十一です」

「けっこう美形だよな。昔、好き合ってた男だっているだろうに」

「いえ、いなかったと思います。いえ、おりませんでした」

番頭は力をこめて断言した。

三

惣三郎は竹内に呼ばれた。ここを動くんじゃねえぜ。太兵衛に厳しくいっておいてから、竹内のもとへ行った。

侍は二間ほど離れたところで、竹内から手札をもらっている岡っ引とその手下二人に囲まれているが、逃げるそぶりなどまったく見せることなく春風に吹かれている。

「正体はわかりましたか」

惣三郎はささやいた。

「ああ。主家持ちだ。上野館林《こうずけたてばやし》の秋元家《あきもとけ》だ」

「秋元家ですか。それはまた」

惣三郎は驚いた。というのも、惣三郎がつとめる北町奉行所は呉服橋《ごふくばし》門内にあり、秋元家の上屋敷はその隣なのだ。

「ああ、偶然だな」

竹内はうなずいて、言葉を続けた。

「七年前、郷里で父親を殺され、主家に仇討願をだしたのら、仇討旅に出たんだと。なので、公儀に主家からその旨が記された文書が出ているはず、というんだ」

「それが本当なら、番所の言上帳《ごんじょうちょう》に記されているということになりますね」

「そういうことだな。つまり、やつがいうように、これは罪にはならんということだ」

大名などから提出された仇討願は町奉行所に保管されている言上帳に書き写されているが、この言上帳に記されたものと長倉の言が一致すれば、仇討は正当なものと認められ、お咎《とが》めなしになる。

　惣三郎は死者の名と身許、そして角吉の言葉を伝えた。竹内は瞳を光らせた。

「まちがいないか。本当に仏さんは、誰に頼まれた、といったんだな」

「この耳でしっかりききました」

　竹内は長倉をじっと見た。

「正面からただしてもなにも吐くまい。背後を調べなきゃならんな」

　惣三郎はうなずいた。

「旅姿をしておりませんが、江戸へはいつ出てきたんです」

「二年前だそうだ。仇は必ず江戸にいると決めて、捜しにかかっていたらしい」

「主家の江戸屋敷に世話にはなれないといっても、二年ものあいだなら、江戸のどこかに住みかがあるんでしょうね」

　惣三郎がこういったのにはわけがある。

　仇討の届けを受理したあとの主家は冷たいのだ。主家の側にしてみれば、つとめを放棄する形で旅に出る者にこれまで通りの待遇を与えるわけにはいかないという理屈なのだが、とにかく本懐を遂げ、首尾よく帰参するまで禄は召しあげて、家中の士として扱われない。

「藤江屋《ふじえや》という商家の別邸に世話になっているそうだ。別邸といっても、そこの離れに一人住まっているそうだが。場所は市ヶ谷谷町《いちがやたにまち》とのことだ」

「その商家とはどんな関係です」

「なんでも、そこのあるじが館林の出らしく、殺された父親と面識があったそうだ」

「市ヶ谷町を根城にしていて、白金村に今日、角吉がいるとよくわかりましたね」

「ここは白金村じゃないぞ」

惣三郎は下を向き、舌打ちをした。まったく細《こま》けえな、どうでもいいじゃねえか。

「なんだ、なにかいったか」

「いえ」

「そのあたりは、大番屋でじっくりときいてみるつもりだ」

長倉が場所をあらためて調べを行うことを拒絶しなかったので、惣三郎たちは日本橋南《にほんばし》の本材木町《ほんざいもくちょう》の三丁目、四丁目にまたがって建つ三四の番屋と呼ばれる大番屋に向かった。

穿鑿所《せんさくじょ》横の一室に入れた長倉に、しばらくここで待っていてくれ、といい置いた竹内とともに惣三郎は北町奉行所へ行き、言上帳を調べた。

秋元家から仇討願はだされていた。『奉願上候事』ではじまる書面が添付されており、末尾に記されている名は長倉滝五郎となっている。

この仇討願がだされたのは七年前の九月。国許で討たれたのは長倉軍七郎《ぐんしちろう》。討ったのは、銀八。

「名がちがいますね」銀八《ぎんぱち》。

「どんな理由でこの銀八という男が軍七郎を殺したのか定かではないが、この名が偽名だったというのは十分に考えられる」

殺した際の詳細は長倉の書にも仇討願にも記されておらず、ただ『子細者不相知』となっている。

長倉は、銀八が父を殺した理由、状況を知ることのないまま館林を出てきたことになる。

「よし、惣三郎、わしは門田《かどた》さまとともにお隣へ行ってくる」

惣三郎はうなずいた。まず先に、長倉滝五郎が本物の秋元家の士であるか確かめなければならない。門田というのは典膳《てんぜん》という名の与力で、惣三郎たちの直属の上司だ。

「惣三郎、おまえは七年前、角吉が館林に行ったことがあるかどうかを調べてくれ」

「おい、そのあたりはどうなんだ」

惣三郎は通された座敷で、日岡屋《ひおかや》という酒問屋の主人の茂平太《もへいた》と向き合っている。上方からやってくる酒のほとんどが集められる霊岸島の箱崎町《はこざきちょう》一丁目にあるだけに、この奥座敷にも思いきり吸いたくなるような甘い香りが漂ってきている。

「いえ、どうにもはっきりいたしません」

「どういうことだ」

「七年前といいますと、弟が二ヶ月ばかり旅に出ていたのは確かだと思うのですが」

「行き先を告げて旅立ったんだろう。そうじゃなきゃ手形だって出んはずだ」

「その通りですが、手形に関してはそれほどどこもうるさくはいわないものでございますよ。実際、関所の手前の宿がだしてくれる手形だって通用しますし」

「だが二ヶ月というのは長旅だよな。帰ってきたとき、角吉からどこへ行き、どこをまわってきたといった話はきいたんだろう」

「きいたような気はいたしますが、覚えておりません」

うつむき加減に茂平太はいった。

「なんと申しましても、父親が旅をとにかく勧めておりまして、角吉は何度も長旅に出ておりましたから。見聞を広めるには旅以上のものはない、というのが父親の口癖で、角吉は忠実に守っていました」

惣三郎は咳払《せきばら》いをした。

「その七年前の旅から帰ってきたとき、弟になにか変わった様子は見えなかったか」

茂平太は思いだすような目をしたが、すぐにあきらめの色があらわれた。

「さあ、気がつきませんでした」

「よく旅に出ていたといったが、弟はいくつくらいから一人で出ていたんだ」

「十六くらいだったと思います」

まだ子供といえば子供だが、惣三郎は十三の頃から見習として奉行所に出仕していた。旅の経験などほとんどなく、うらやましいといえばうらやましいが、それが理由で命を失っては元も子もない。


奉行所に戻り、竹内と会った。

「どうだった」

惣三郎は話した。

「そうか、収穫といえるものはなかったか」

「そちらは」

「長倉滝五郎が秋元家の士であるのはまちがいなさそうだ。留守居役が話した人相は長倉そのものだし、留守居役が長倉から預かっている銀八の人相書を見せてもらったが、角吉によく似ていた」

「銀八が長倉の父親を殺した経緯《いきさつ》についてはいかがです」

「それも留守居役からきけた」

七年前の九月、元勘定方だった長倉軍七郎は供を一人連れて城下のはずれにある商家に行こうとしていた。刻限は夕暮れの気配が漂いはじめた七つ半すぎ。

人通りのあまりない小道に入ったとき、納屋の脇で旅の娘に若い男が狼藉《ろうぜき》をしかけようとしているのを軍七郎は目にした。供の者とともに駆け寄った軍七郎は腰から引き抜いた刀の鞘で男の背中を思いきり打ち据えた。

いてえ。男は仰天して立ちあがり、なにをするんです、と叫んだ。とぼけるな、と軍七郎は叱りつけたが、あわてて立ちあがった娘がことの次第を話した。持病の癪《しゃく》に襲われたのを介抱してもらっていただけです、と。

男は謝罪を要求した。軍七郎は、町人風情がなにをいうか、と拒否し、さらに男の肩を鞘でびしりと打ち据えた。頭に血をのぼらせた男は道中差に手をかけた。

それを見た軍七郎は、町人風情がつかい方を知っているのか、と嘲笑《ちょうしょう》し、今度は頭を打ってやろうと刀をあげた瞬間、町人が抜き打ちに道中差を横に払った。

腹を斬り裂かれて路上に倒れこんだ軍七郎はやがて絶命、男は逃げ去った。供は途中まで追ったが、あるじをこのままにしておけないと引き返した。

「顚末《てんまつ》はこんなところだ」

竹内はいった。

「仇の名が銀八であるとわかったのは、二里ばかりを一緒に歩いた、その娘が証言したからだ。留守居役も軍七郎のほうが悪いことはわかっている口ぶりだったが、しかしどんな事情があろうと父の仇を討たずばならんのが侍だからな」

竹内は言葉を切った。

「父の死骸を目の当たりにした長倉は、詳しい事情をきくことなくすぐさま銀八を追ったようだ。そのときはまさか七年もかかるとは思ってなかったのだろうが」

それでも、七年ならまだいいほうだ。死ぬまで捜し続けて本懐を遂げられない者などいくらでもいるらしいし、仇討の成就は百のうち一つ、とまでいわれている。

「しかし、その話だとちょっとおかしいところがありますね」

「なんだ」

「角吉は抵抗することなく殺されています。しかし、銀八は道中差で軍七郎を斬り殺しています。両者の腕がどう見てもちがうと思えるのですが」

「別人では、との疑いか。だがな、軍七郎の腕が侍とはとても思えないほどだった、ということも考えられるぞ。なにしろ勘定方だ、刀を抜く機会があったとは思えぬ」

「それともう一つ」

惣三郎は人さし指を立てた。

「もし銀八という名が偽名とするなら、軍七郎とのあいだでいまだなにも起きていないときに、角吉は道連れになった娘にその名を告げたことになります。そう考えますと、この銀八というのは本名では、と思えるのですが」

「それだって、もともと娘に下心があって、ということだって考えられる」

まったくああいえばこういう野郎だな。惣三郎は顔をあげた。

「広尾原の件はいかがです」

「広尾原だと」

「長倉はどうして仇があそこにいることを知ったのです」

「道を歩いていたら、仇らしい男がいる一行を見つけ、ついていった先が広尾原だったそうだ。それで、本当に仇かどうかきっちりと確認してから名乗りをあげたそうだ」

「道を歩いていたら、ですか」

偶然にしては、やはりできすぎている気がする。

「とにかくこういう事情でな、留守居役には、一刻もはやい解き放ちを要請された」

「では」

「応ずるしかないだろう。門田さまがもう手続きにかかっている」

「しかし、このまま解き放って本当によいのですか」

「誰に頼まれた、という言葉には俺も引っかかってはいる。だが、長倉はなんのことかかわからぬといっておるし、大名家から解き放ちを正式に要請されては、こちらとしてはどうすることもできぬ」

竹内が悔しげに唇を噛んだ。

「証拠を見つけんとどうにもならん。頼むぞ、惣三郎。俺はおまえを、やればできる男と信じているんだ」

惣三郎は、真剣な目の竹内をじっと見返した。

四

「まったく調子のいい野郎だよな」

奉行所の門を善吉とともに出て、惣三郎はいった。

「誰のことです」

「竹内だよ」

「竹内の旦那も、変わり身のはやさでは負けてないですからねえ」

「おい、ちょっと待て。その負けてねえ相手ってのは誰のことだ」

「あっ、旦那、美形が歩いてますよ」

「なに、どこだ」

「あっ、角を曲がっちまった。惜しいなあ」

善吉は指をぱちんと鳴らした。

「おめえ、そんなのでごまかせると思ってるのか」

ごつんと額を殴りつけた。

「せいせいしたぜ。……さて、まずは外堀を埋めるか」

惣三郎は再び霊岸島に足を向けた。善吉は頭を押さえながらついてくる。

霊岸島新堀《しんぼり》に架かる湊橋《みなとばし》を渡り、北新堀町に入る。暖簾《のれん》をくぐったのは、河岸沿いに軒を並べる酒問屋の一軒で、沖田屋《おきたや》といった。

ここの番頭が、真純屋の暖簾をくぐってゆくのを惣三郎は見かけたことがある。主人ともそれなりに親しい間柄だ。

奥の座敷に通された。善吉はいつも通り、外で待っている。

「これは、河上さま、ようこそいらっしゃいました」

あるじの波之助《なみのすけ》が姿を見せた。女のような桃色の肌と赤い唇を持つ男だが、油でも塗りたくったかのように月代《さかやき》がてかてかしており、波之助に会うたび、惣三郎は月代に火をつけたい衝動に駆られる。上質の油そのもので、明るく燃えあがりそうな気がしてならないのだ。

「会いたいのは、おまえさんじゃないぞ」

惣三郎は月代から無理に目を引きはがして、いった。

「申しわけございません。屋久蔵《やくぞう》はただいま出ておりまして。あと四半刻もすれば戻ってくるものと」

ふと、ほんのりと甘い香りを惣三郎は嗅《か》いだ。

「おい、なにを持ってるんだ」

「お目にとまりましたか」

手にしているやや太めの竹筒を波之助は掲げるようにし、懐から紙に包まれた杯を取りだした。

「つい昨日、上方より届いた上物ですよ。是非河上さまにお召しあがりいただきたく、店の者に隠して持ってきました」

「どうして主人が奉公人に遠慮しなければならねえ」

「僅少《きんしょう》な名酒であることに加え、もう売り先が決まっているからでして。さすがに手前といえども自由にできませんで、奉公人の目を盗んで樽《たる》からこっそり抜いてまいりました。どうぞ、お召しあがりください」

「だが仕事中だからな」

広尾原での苦い思いがよみがえる。ただし、二日酔いが消えればまたすぐに飲みたくなるのと同じで、惣三郎の喉《のど》は酒を欲してきゅんと鳴った。

「おや、河上さまらしくもない。この程度、お飲みになったからって河上さまほどお強ければ、障《さわ》りなど出るはずございませんよ」

「そうかな」

「さようでございますよ」

「相変わらず勧め上手だな。そこまでいわれたら断るのも悪いな」

受け取った杯を惣三郎はすばやく突きだし、注がれた酒を舌の上で遊ばせた。とろりとしているが、なんのしつこさもなく、ふわりと立った香りが鼻腔《びこう》を抜けていったあと、するすると喉をくぐってゆく。

「こりゃうまいな。なんていう酒だ」

「ご勘弁を。河上さまを信用しないわけではないのですが、この酒を上方から取り寄せているのは手前どもだけでして、よそに知られたくないものですから」

「となると、売り先も教えてもらえんというわけだな」

「申しわけございません。じかに、とある料理屋へおろしております」

「その料理屋に行けば飲めるんだろうが、だいたいその手の店は同心風情に手が出る店じゃあないんだよな」

波之助が体を寄せ、声を落とした。

「大丈夫でございますよ。河上さまがこちらにお見えの際は、お召しあがりになれるだけの量は必ず確保しておきますので、どうぞご安心を」

「そうか。そりゃうれしいな」

それから勧められるままに惣三郎は飲み続けた。一瞬、竹内の顔が頭をかすめていったが、酒のうまさのほうがまさり、どけといわんばかりに手を振るとさっさと消えていった。

竹筒があく頃には、惣三郎はすっかりいい気分になっていた。

波之助が一礼する。

「屋久蔵が帰ってきたか、見てまいります。少々お待ちくださいませ」

待つほどもなく、波之助に連れられて番頭の屋久蔵がやってきた。

「たいへんお待たせいたしまして、申しわけございません」

正座をし、深々とこうべを垂れる。

「おまえさんがいなくて、なかなかいい思いをさせてもらったよ」

「なにか」

波之助がまずいという顔をする。

「いや、波之助は話がうまいんでな、退屈せずにすんだという意味さ」

「はあ、さようでございますか」

屋久蔵は腑《ふ》に落ちないといった顔だ。

「さっそく話に入るぞ」

惣三郎はぐいと顔を近づけた。途端、屋久蔵は、おや、という表情になり、鼻をくんくんさせた。

「おまえ、真純屋のことは知っているな」

かまわず問いを発した。

「はい、大事な取引先で、手前が受け持たせていただいておりますから」

「真純屋だが、悪い噂《うわさ》はないか」

「えっ、それは潰れる、という意味の噂でございますか」

「いや、商売上のもめごとや、内情でおかしな噂をきいたことはないかをきいている」

主従は不審そうに顔を見合わせた。

「いえ、ございません」

屋久蔵が答えた。

「太兵衛とは親しくしてるのか」

「はい、番頭同士ということもございますし、馬が合うというのもございます」

「その太兵衛に悪い噂はないか」

「そういう噂はまるでないお人ですが、あの、どういうことでございましょう」

なにがあったかいわずに話をきくことはできそうにない。惣三郎は話した。

「ええっ、角吉さんが殺されたっ。まことでございますか、河上さま」

波之助が腰を浮かせる。

「そうですか……角吉さんが亡くなられましたか」

屋久蔵はあるじほどの驚きは見せず、冷静な顔で首を振った。

「河上さまは、太兵衛さんを疑われているのでございますか。しかし仕事もできますし、人柄も信用できるお人です」

「しかし、角吉の、誰に頼まれた、という言葉は気になるだろう。別に太兵衛でなくともいい。角吉にうらみを持っていた者に心当たりはないか」

「いえ、角吉さん、頑固なところはありましたが、もともとが穏やかな方でしたから」

「どんなところが頑固だった」

「ああ、それでしたら一つ」

波之助がいい、気がかりそうに屋久蔵が主人を見た。

「花之錦というお酒をご存じですか」

「おう、知ってるぞ。俺の大好きな酒だ。杜氏が変わって味が落ち、品物が入ってこなくなったという話だが」

「それがちがうのです。あれは角吉さんが一方的に蔵元を切ったのです。値下げの話し合いが不調に終わり……。先代が亡くなって、新しくあるじとなった角吉さんが自分の色をだそうと無理をしたのでは、と手前は思っております。くだり酒の特上品にまさるとも劣らぬ酒が相模《さがみ》で醸《かも》されているというのは奇跡に近かったのに、よその蔵より高いという理由で値下げを要求するなんて……。店の者はみんな、反対したそうですが、それを角吉さんが押しきったらしいのです」

「そのことで花之錦の者は真純屋をうらんでいるのか」

「いえ、花之錦さんが引く手あまたというのは事実です。損をしたのは結局、真純屋さんだった、ということになるのではないでしょうか」

「ほかにそんな類の話は」

波之助はすぐに思いだしたようだ。

「あれは半年ほど前でしたか、下総《しもうさ》の造り酒屋から仕入れた樽が注文の数より少ない、ということがあったそうです。結局、それも自ら手配した角吉さんの誤りだったそうなんですが、それを認めずにそこも切ってしまいました」

「そこは角吉にうらみを持っているのか」

「いいえ、そこも力のある蔵でして、品物をほしいところはいくらでもありますから。あと、運送で業者ともめたというのもきいたことがあります」

惣三郎は黙って耳を傾けた。

「信濃《しなの》の造り酒屋から品物が運ばれてきたとき、到着が予定より一日半ほどおくれたそうなんです。酒は水物ですから、日がたつことで質が落ちたりするのは珍しくもないんですが、信濃からそのくらいのおくれなら許せないほどではないんですよ」

「その運送屋も切ったのか」

「はい。もう三十年以上も真純屋さんとは取引が続いていた信用のある業者だったんですが。切ったことで損をしたのは、この場合も真純屋さんでしょう」

「なんだ、角吉というのはしくじり続きだったんだな。となると、婿に入れたのは失敗だったと店の者が考えても不思議はないな。このままでは店が潰れてしまうと考えて……」

「いえ、そんなことは決してございませんよ、河上さま」

屋久蔵が真摯《しんし》にいう。

「真純屋さんは老舗《しにせ》です。確かに力のある蔵二軒に信用できる運送屋さんを失ったのは痛手でしょうが、別の蔵や業者で十分におぎなえるだけの力は持っています。そんなことで人を頼んで主人を殺そうなどという大それたことを考えることは決してないものと」

「なんだ、すいぶん肩を持つんだな」

惣三郎は一瞥《いちべつ》をくれた。

「袖の下でももらっているのか」

「とんでもない。古いつき合いですから、真純屋さんのことはよく知っている、それだけのことです」

屋久蔵は平静な口調で答えた。

五

「なかなかの手練《てだれ》だな、こりゃ」

死骸を見おろして、惣三郎はいった。

「口封じですかね」

うしろから善吉がささやく。

「だろうな。それしか考えられん」

死骸の主は長倉滝五郎。左胸から入って、右の脇腹まで延びた傷がはっきりと見えている。長倉は刀を抜いているが、刀身に血のりはついていない。

広尾原の仇討騒ぎから、すでに三日がすぎている。そのあいだに角吉の葬儀も行われた。惣三郎も見に行ったが、怪しい、と目を惹《ひ》くような者はあらわれなかった。

「しかし、長倉はどうしてこんなところまで来たんでしょうねえ」

「確かにな。江戸市中といっても、かなりはずれだ。なにか用事がないと来ることはまずねえよな。秋元家と関係している人や建物がこのあたりにいるとかあるとかきいたことねえし」

広大な御鉄炮場《おんてっぽうば》と寄り集まるように密集した小旗本や御家人の屋敷に東西をはさまれた路上である。南にまっすぐ延びる道に沿って目を転じると、一町ほど先にある辻番所が見え、そこで道は出羽山形《でわやまがた》五万石水野《みずの》家の下屋敷の塀に突き当たって終わっている。

「ここは千駄ヶ谷町《せんだがやまち》になるんですか」

「ああ、千駄ヶ谷村との境に近いが」

水野屋敷に突き当たった道を左に行けば青山甲賀百人組《あおやまこうが》の組屋敷の東側を抜け、青山久《く》保町《ぼちょう》に至る。右に行っても円坐松《えんざまつ》で名のある青山竜岩寺《りゅうがんじ》前の勢揃坂《せいぞろいざか》を通って青山久保町に行き当たる。

「殺されたのは何刻頃《なんどき》と」

「うん、夜中だろうが、そりゃ先生のほうが確かだろうぜ」

検死役の医師である紹徳《しょうとく》から話をきいていた竹内が近づいてきた。

「先生はなんと」

「見ての通りだ。正面からやり合い、ばっさり、ということだ。ただ、ふつうの太刀ではないようだな。もっと短い、道中差のようなものでやられたらしい」

「傷の長さからわかるんですかね」

惣三郎はあらためて死骸を見つめた。いわれてみれば、傷は刀でやられたより幾分か短い気がしないでもない。

「刻限は」

「しぼりこむのはむずかしいそうだが、昨夜の六つから九つまでのあいだでは、ということだ」

「その刻限では、このあたり、人けはまるでないんでしょうねえ」

惣三郎は道の左右を見渡し、小さく首を振った。

「惣三郎、さっそく調べに入ってくれ」

竹内にいわれ、惣三郎は善吉を連れて探索をはじめた。

「いかにも殺《や》ってくれ、といった感じですもんね」

「よし、まずはおめえがいった言葉だな」

惣三郎は道を青山久保町のほうにとった。

「なんのことです」

「もう忘れちまったのか。長倉がどうしてこんなところに来たのかということだ」

「呼びだされたんですかね」

「それが最も考えやすいな」

「誰にかというと、角吉殺しを依頼した者にですよね」

「そういうことだな。しかし夜中にこんな人けのないところに呼びだされて、正面から斬られちまったというのは不思議ではあるな」

「長倉の腕がたいしたことなかっただけのことなんじゃないですかね。旦那がやっても勝てたかもしれませんよ」

「ふん、おめえ、俺のことならなんでも知ってる口ぶりだが、本当の俺を知らねえな。本気になったらものすごく強いんだぜ」

「そうですよね。ただ旦那は本気をだすことがないだけなんですよね」

「おめえ、ほんとに口が減らなくなってきたよな。いったい誰に似たんだ」

「誰でしょうねえ。でも旦那、なぜ南に向かっているんです」

「北へまっすぐ行けば内藤新宿《ないとうしんじゅく》だよな。その先は長倉の住んでた市ヶ谷谷町だ。やつは住みかから道を南にくだって、どこかへ行こうとしていたんじゃないかと思うんだ。俺の読みじゃあ、この先にやつが本当に行こうとしていた場所がある」

「そここそが呼びだされた場所で、あの人けのない道を長倉が通ることを知っていた下手人は待ち受けたということですね。そして長倉が指定された場所というのは、きっと下手人と無関係ではないと」

「おう、そういうことだよ。おめえ、だいぶ俺の考えがわかるようになってきたな」

「ええ、まあ。……それにしても旦那、仕事ぶりがまじめになってきましたね。北町の星と呼ばれてた頃の輝きが戻ってきましたよ」

　惣三郎は首をひねった。

「なんでかな。よくわからんが、一所懸命に働いて汗をかくのも悪くないって考えられるようになってきたんだ」

「あとは酒をなんとかしたいですね。この前みたいなこともありますし」

「酒なんざ、いつでもやめてやる」

「じゃあ、今日からでも」

「今日だと。それはまずいな。今晩、約束がある」

「じゃあ明日にしましょう」

「いや、明日も約束がある」

「あさってても約束が、なんていうんじゃないでしょうね」

「いや、これがあるんだな」

「やめる気なんてないじゃないですか」

精力的に近辺をききまわったが、なかなか手がかりらしいものは得られず、二人はしもた屋の軒下で休息した。

「旦那、あれ見てくださいよ」

いわれるまでもなく惣三郎は気づいていた。

向かいの家から出てきた男女が喧嘩をしているのだ。うら若い娘にやや崩れた感じの男という取り合わせで、女が泣いて男を拒絶している様子だった。

状況からして男が浮気したのでは、と思えたが、駆けだそうとする女の腕をがっちりつかむと、男はぐいと引き寄せて女を胸に抱いた。なにかやさしげに耳元にささやきかけている。それだけで女はすっかりおとなしくなり、二人はそろって家のなかへ消えていった。

「いかにももてそうな野郎だな」

惣三郎は路上に唾《つば》を吐いた。

「ああいうのは女の敵なんですけどね。でも、女ってのはそれがわからないんですよ」

「男の敵でもあるぜ。何人もの女を相手にしてるああいうのがいるから、おめえに女がまわってこねえんだよ」

「旦那、しょっ引きましょう」

惣三郎は答えない。

「どうしたんですか。そんな怖い顔して」

「ああ、いや。なにか思いだしかけたような気がしたんだが」

さらに二人は近隣できき込んだ。

やがて、長倉を何度か見かけ、実際に話をしたことがあるという町人を、青山久保町の南に位置する青山緑町《みどりちょう》で見つけた。

「本当に、長倉滝五郎を見たことがあるんだな」

惣三郎は勢いこんで確かめた。

「ええ、お名も存じてますよ。こちらにもよくお顔を見せてくれましたし、煮売り酒屋で一緒に飲んだこともあるくらいですから」

男は源太郎《げんたろう》といい、烏賊《いか》売りの屋台を曳《ひ》いている。醬油の焦げる香ばしいにおいがあたりに立ちこめている。

うまそうだな、とつぶやいた惣三郎は丸焼きを一本手にするや、がぶりとやった。

あっ。源太郎が声をあげたが、あきらめたように口を閉じた。

「うめえじゃねえか。いい腕だ」

「ありがとうございます。でも、長倉さま、本当に亡くなっちまったんですか」

団扇《うちわ》を盛んに動かして、源太郎がいう。

「ああ、昨夜な、斬り殺されたんだ」

あっという間に丸焼きを胃の腑におさめた惣三郎は、今度はげそ焼きに手を伸ばした。

「ふむ、やっぱり烏賊はげそだな」

咀嚼しながら惣三郎は善吉を振り向いた。

「おめえも食うか」

「けっこうです」

「なんだ、体の調子でも悪いのか」

惣三郎は源太郎に向き直った。

「やつはこの近辺になにしに来てたんだ」

源太郎は声を落とした。

「女ですよ」

「なんだと。おめえ、長倉が仇討旅の最中だったことを知ってていっているのか」

「もちろんです。仇のことをはじめてきかされたときは、そりゃびっくりしましたけど」

「その女はどこに住んでる。何者だ」

惣三郎の強い口調に目をみはったが、源太郎はすぐに答えた。

六

女は泣き崩れた。

さすがの惣三郎も、畳に額をつけて号泣する女に声をかけるだけの厚顔さは持ち合わせておらず、泣きやむのをじっと待つしかなかった。

しかし、とそんな女の姿を見つめて惣三郎は思った。富裕な商人の囲い者というのも関係しているのか、かなり色っぽく見えるものだな。

　やがて女が顔をあげた。涙で化粧が取れてしまっているが、ととのった顔をしているだけに、見られない状態ではない。

「誰が殺したんですか」

　錐《きり》を刺しこむような鋭い口調で問う。

「おいおい、俺が殺ったわけじゃない。そんなににらまんでくれ」

　惣三郎は座り直した。

「下手人を捜すためにここまで来たんだ。力を貸してくれ」

　女はおせきといい、青山緑町の一軒家に住んでいる。南隣は芸州広島浅野家《ひろしまあさのけ》の広壮な下屋敷だ。

　まん丸な目は聡明そうな光を帯びているが、ただ、どことなく人のよさそうな感じが顔全体にあらわれている。いかにもだまされやすそうな面相といったらいいのか。

「長倉とはどうして知り合った」

「一年半ほど前、道を歩いていてうしろから呼びとめられ、人相書を見せられました。この男に見覚えはないか、と」

「それがきっかけか」

長倉もうめえことやったもんだ、と惣三郎は思ったが、その思いを表情にだすことなくたずねる。

「それで深い関係になったのか」

いきなり土足で踏みこむようなきき方をされて、おせきは冷たい目をしかけたが、思い直したように言葉を続けた。

「すぐに、というわけではありませんでした。その一月後に姿をお見かけして、こちらから声をかけたのが……」

「旦那にはばれてないんだな」

女は答えない。

「長倉が、真純屋とか角吉とか口にしたことは」

「誰なんです、その人」

「長倉が誰かに頼まれて殺した男だ」

おせきは息をのんだ。

「どういうことです」

「それをこちらも調べている。きかれたことに答えろ」

「いえ、そういう人のことを耳にしたことはありません」

「ここ最近、誰かに仕事を依頼されたようなことをいってなかったか」

「いえ、それも」

「長倉と親しい者を知っているか」

「存じません。あの人、自分のことはほとんど話しませんでしたから」

「昨夜はここに来る約束をしてあったのか」

「はい」

「それを誰かにいったか」

「いえ、旦那に知られないよう気をつかっているのに、わざわざ危険を大きくするようなことをするはずが……」

「長倉は昨夜の六つから九つのあいだに殺されたのがわかっている。長倉は昨夜、何刻に来る予定だったんだ」

「いえ、昨日はもう来て、帰っていったんです」

「なに。何刻にここを出た」

「五つすぎだったと思います」

ここから殺害された場所までほんの七町ばかり。男の足なら、たいしてかかるまい。

もし下手人が長倉をつけていったとしたらどうだろうか。声をかけて振り向かせ、夜陰に乗じて殺すのはさして難《かた》いことではあるまい。

となると、下手人はこの女の存在を知っていたことになる。

「最近、見張られているような感じを覚えたことはないか」

おせきは怪訝《けげん》そうにした。

「いえ、気がつきませんでしたが」

「長倉とおまえさんが深い関係であるのを知ってる者に心当たりは」

「いえ、一人もいないと思いますが」

「そんなことはない。しっかり考えろ。近所の者は知ってるぞ。俺がここに来たのがなによりの証だ」

おせきは考えこんだが、その口からはなにも出てこなかった。

「なにか思いだしたら、必ず知らせろ」

そういい置いて、惣三郎は家を出た。

外で待っていた善吉が寄ってくる。

「いかがでした」

「あまり手応えはないな。やっぱり長倉が暮らしていたところから話をきかなきゃまずいだろう」

惣三郎は鼻から太い息を吐いた。

七

昼近くになっており、途中、目についた寿司の屋台で腹ごしらえをした。なにを食べてもだいたい八文だが、善吉は寿司が大の好物で、とめないと際限なく食い続ける。

「げそを食わなかったのは、これに備えたためか。それにしても、人の金だと相変わらず切りがねえな」

へへっと善吉が歯を見せて笑った。

市ヶ谷谷町にある藤江屋の別邸はまだ新しいが、なかなか趣《おもむき》のある建物だった。木々が生い茂り、そのおおいかぶさるような影のなか、敷石が母屋に続いている。高価そうな庭石が配置され、わざと古びさせたような灯籠《とうろう》が立ち、鹿威《ししおど》しがいい音を響かせている。

年寄りが別邸の差配人をつとめていた。

「はい、長倉さまのことはおききしました。先ほど竹内さまといわれるお方に事情はお話ししましたが」

いかにも律儀そうな物腰で、腰を深く折る。ただ、感情がふくれあがったようで、年寄りはしわ深い顔をゆがめ、下を向いて泣きはじめた。やがて泣きやみ、涙でぐしゃぐしゃになった顔をあげた。

「申しわけございません」

惣三郎は懐紙を与えた。年寄りはありがたそうに受け取り、顔を拭《ふ》いた。

「長倉とは親しかったようだな。竹内と同じことをきくことになるだろうが、勘弁してくれ。長倉滝五郎だが、ここでどんな暮らしをしていた」

年寄りは懐紙をていねいに畳み、懐にしまった。

「長倉さまが、お父上の仇を追っていたことはご存じですか」

「もちろん」

「そうでございますか。いかにも仇を追っている、という暮らしで、雨の日を除けば毎日、外に出ておられました」

「最近、誰かと頻繁に会っていたようなことは」

「いえ、そういうのは存じませんし、うかがってもおりません。長倉さまとはよくお話をしましたが、そういうことは話題にのぼりませんでした」

年寄りは少し間を置いた。

「ただ、最近は相当疲れておられました。毎日毎日、江戸にいるかもわからない仇を捜すことに、かなりの徒労感を覚えていらっしゃるご様子でした」

「だったら、仇を討ったことを相当喜んだだろう」

「それがそうでもございませんでした。なにかご屈託を抱えてらっしゃるご様子で、日をすごしておられました」

「理由は」

「おききしましたが……ただ、あんなことはすべきではなかった、と一言漏《も》らされたことがございました」

別人を殺害したことを、長倉は後悔していたのだ。仇捜しに疲れきった長倉の心中を見抜いた誰かが、角吉殺しを持ちかけたにちがいない。そうすれば、いつ終わるとも知れない仇討旅とおさらばできる、と。

「長倉のいた離れを見せてくれ」

年寄りは、母屋の斜めうしろのやや小高い位置に建つ、小ぢんまりとした建物に惣三郎たちを連れていった。

なかは八畳間だけだが、日当たりのいい縁側もあって、けっこう広く感じられる。

角吉殺しを依頼した人物につながるような物はなにも見つからなかった。衣類が主で、あとは書物などがあるだけだ。

「ところで、藤江屋っていうのはなにを商っているんだ」

　庭に戻った惣三郎は年寄りにたずねた。

「絹織物でございます」

「館林紬《つむぎ》か」

「館林の名産ですから主に取り扱ってはおりますが、今は伊勢崎《いせさき》や小山《おやま》、秩父《ちちぶ》、八王子《はちおうじ》からも品物を取り寄せております」

「手広くやってるんだな。長倉の父親が主人と知り合いだったときいたが、どういう関係だ」

「長倉軍七郎さまが秋元家の勘定方におつとめになっていたことをご存じで」

「ああ、きいた」

「藤江屋の隠居が軍七郎さまと親しくさせていただいていたのです。秋元さまに品物を売りこむにあたり、教えを乞うなどいたしまして」

「なるほど。父親に世話になった恩返しにせがれをここに、というわけか」

「それだけではないのです。銀八という者に討たれたとき、軍七郎さまは藤江屋に赴《おもむ》こうとしていたのです。夕餉《ゆうげ》をともにするために。あるじは、夕餉になど招ばなければとひどく後悔いたしました」

惣三郎は目の前の年寄りを見つめた。

「そこまで詳しく知っているなんて、おまえさん、もしや」

「はい、その隠居でございます。手前も滝五郎さまの仇捜しの一助になればと江戸に出て、三年前にこちらを建てました。もっとも、十年前にだした江戸店のほうの商いがはるかに大きくなったために、こちらにやってこざるを得なくなったというのがまことのところですが」

惣三郎はうなずいた。

「おまえさんの話だと、軍七郎というのはいい男だったみたいだな。殺され方をきくと自業自得としか思えなかったが」

「ええ、いいお人でございました」

隠居は残念そうに首を振った。

「短所は、自らの誤りをなかなかお認めにならないというところでしたでしょうか……」

八

「真純屋を一度じっくりと調べてみるか。角吉に最も近い連中だ。角吉を殺さなければならん理由も見つかるかもしれん」

霊岸島に入った二人が塩町の真純屋を目指して歩いていると、左の道から出てきた男があわてたように向かいの路地へ入っていくのが見えた。

「今のは沖田屋の番頭じゃないですかね」

「ああ、屋久蔵だったな。あの野郎、なんで身を隠しやがったんだ」

惣三郎は追いかけ、うしろ姿に声をかけた。

「おい、屋久蔵」

屋久蔵は気がつかないふりをした。

「てめえ、無視するんじゃねえ」

追いついた惣三郎は肩に手をかけ、振り向かせた。

「あ、これは河上さま」

驚いたようにいって辞儀をする。

「おめえ、なんで逃げたんだ」

「逃げてなどおりません」

「とぼけるな。俺の顔を見た途端、身をひるがえしたじゃねえか」

「河上さまのお目にそう映ったのなら謝ります。ただ、手前は用事を思いだしただけで」

「その用というのをきこうじゃねえか」

「それは申しあげるわけには。店に関することですので」

「しらじらしい野郎だぜ。おめえよ、俺が角吉の死を知らせたとき、あまり驚かなかったな。ありゃどうしてだ」

「とんでもない。心の底から驚きました」

「ちがうな。波之助の驚きようとくらべたらずいぶん冷静だった。あれは、角吉が死ぬことを知っていたからだな」

「滅相もない。そんなことは決して」

惣三郎は十手を取りだし、にらみつけた。

「ちょっとそこの自身番まで来てもらおうじゃねえか」

「旦那、大番屋のほうがいいんじゃないですか」

善吉が絶妙の間で言葉をはさむ。

「そうだな。そのほうが手っ取りばやい」

「お待ちください」

屋久蔵があわてていう。

「正直に申しあげますので、ご勘弁ください」

惣三郎は屋久蔵を、商家と商家のあいだの小路に押しこむようにした。

「言え」

屋久蔵は板塀に背中を貼りつけている。

「あの、手前が角吉さんの死をきいて驚かなかったのは、あのときすでに亡くなったことを知っていたからです」

「どういうことだ」

「河上さまが店に見える前、手前はちょうど真純屋さんを訪れるところでして、太兵衛さんに店の前で会ったのです。それで、なにが起きたか知りました」

「だったら、なぜそのことを正直にいわなかった」

「河上さまのお話に水を差すようで、遠慮したのです」

「うめえこというな」

惣三郎は見据えた。

「おめえ、太兵衛になにか口どめされたんだな。角吉殺しを長倉に依頼したのは、やはり太兵衛だな」

「そんな。前にも申しましたが、太兵衛さんはそんなことをするようなお人では」

「なにを口どめされた」

　惣三郎が声に凄《すご》みをにじませると、屋久蔵は身をすくませた。

「いえ、あの……」

「はっきりいえ」

「あのとき太兵衛さんに会ったのは本当に偶然です。手前が真純屋さんを訪ねたとき、ちょうど角吉さんの遺骸を店に運びこもうとしているところでした。そのとき、太兵衛さんに、もし町方から真純屋の事情をきかれるようなことがあったら、例の噂だけは決していわないでくれるよう懇願されたんです」

「なんだ、例の噂ってのは」

　屋久蔵はためらいかけたが、口にした。

「太兵衛とおいねができているだと」

　惣三郎は善吉を見た。

「その噂の真偽はわかりませんが、あの番頭は確か独り身ですよ」

「そうか、独り身か」

　惣三郎は、太兵衛の顔を思い浮かべた。歳は四十五をすぎているだろう。老舗の屋台骨を背負う、いかにも仕事のできる男といった感じだ。

「その噂は真実を衝いてるのか」

屋久蔵にただす。

「太兵衛さんは、根も葉もないものと否定しました。どこから出たものかさっぱりわからない、とも」

「その太兵衛の言葉が本当かどうか、確かめるのは俺の仕事だな」

惣三郎は十手を懐にしまい入れた。

「しかし、太兵衛もくだらねえことをしたもんだ。俺の耳に入ることを怖れてのことだろうが、そういうのは自ら進んで話しちまったほうがいい結果を生むもんだ。……おい屋久蔵、もう隠してることはねえだろうな」

「はい、ございません」

「いい返事だ。ところでおめえ、どこに行こうとしてたんだ。真純屋か」

「はい」

「なにしに」

「いえ、あの……」

惣三郎はにらみつけた。

「ええ、あの、ある酒蔵の主人が真純屋さんと取引をしたいということでして、今日はその橋渡し前の段取りをつけるということで打ち合わせに」

「でも、そういう真っ当な理由だったら身を隠す必要はねえよな。なるほど、そのある酒蔵ってのは花之錦か。あるじが死んで、取引を前に戻すいい機会ってことか。ということは、やっぱり花之錦の者と太兵衛が結託して角吉殺しを頼んだんじゃねえのか」

「ちがいます。手前が身を隠したのはそういうふうに勘繰られ、いえ、そう思われるのがいやだったからですが、花之錦のご主人も太兵衛さんも本当にいい人で、決して角吉さんを殺すような真似をできるような人ではございません」

「屋久蔵、おめえ、同じ台詞《せりふ》を何度も繰り返してるが、だったらはなから真実を吐いちまうべきだったんだよ。いらんことするから、こんがらがってきちまうんだ」


惣三郎は真純屋に赴いた。

「いえ、河上さま、まるで身に覚えのないことでございます。あるじの女房に手をだせば死罪です。内済《ないさい》ですませたにしても、店はやめなければなりません。十一の歳から奉公してきた店を、手前はそんな理由でやめたくはございません」

畳に正座している太兵衛は身もだえするように懸命にいい募った。

「しかし火のないところに煙は立たぬっていうじゃねえか」

「いえ、火どころか火種もございませんで。ですから、どこからそんな噂が出たものか手前もはかりかねているわけでして」

「その噂はいつ出たんだ」

「ここ一、二ヶ月といったところです」

「そんな噂が出てることを誰からきいた」

「女将《おかみ》さんです」

惣三郎は眉をひそめた。

「女将は誰からきいたかいったか」

「いいえ」

「呼べ」

「はい、ただ今」

太兵衛は立とうとした。

「ちょっと待て。おめえはここにいろ」

襖《ふすま》をひらき、惣三郎は廊下を奥に向かって叫んだ。

「おい、女将。きこえたらとっとと来い」

襖を閉め、あぐらをかく。

「口裏合わせされたらたまらねえからな」

いやみたっぷりにいわれた太兵衛は下を向き、ため息をついた。

おいねが襖の向こうから声をかけてきた。

「よし、おめえはもういい」

太兵衛と入れちがっておいねが入ってきた。

深く辞儀をしたおいねが顔をあげるのを待って、惣三郎は問いをぶつけた。

おいねは惣三郎を正面に見て、はっきりと答えた。

「その噂は主人からききました」

「角吉からだと」

「はい。こういう噂があるが本当なのか、と怖い顔で。あの人がそんな顔をするなんて、本当にびっくりいたしました」

「おまえさんはなんて」

「さっぱり見当がつきません、と。本当に身に覚えのないことですから」

おいねはまつげをやや伏せ気味にした。

「角吉はその噂を誰からきいたと」

おいねは小さく笑いを漏らした。

「いえ、きっと噂ではないのでしょう。あの人の勘繰りにすぎなかったのでは、と今では思ってます。正直申して、私はあの人に心を寄せていませんでしたから、ほかに好きな男がいるのでは、とあの人が考えたとしても不思議はありません。噂にかこつけてきくなんて、いかにもあの人らしいです。でも」

おいねはすっと顔をあげて、惣三郎を見た。一瞬、苛立ちのようなものが頬に浮かんだように見えた。

「あの人こそ、ほかに女がいました」

「なに。誰だ」

「幼なじみです」

冷たい目をしておいねは告げた。

九

これまで会ってきた者のなかで、惣三郎の感触として下手人と思える者は一人もいない。角吉を殺すよう長倉に依頼し、そして長倉を殺したのは誰なのか。

惣三郎には、そうではないか、という思いが一つ浮かんでいる。それは広尾原で見た一つの光景がきっかけだった。

芝金杉裏《しばかなすぎうら》一丁目に建つ長屋の木戸をくぐった惣三郎は、右側の四つ目の店《たな》の前に立った。町名に裏がついているが、海がすぐそばなのも関係しているのか、路地には明るい陽射しがまぶしいほど降り注いでいる。

善吉が障子戸を静かに叩く。

「お峰《みね》さんはおいでですか」

戸があき、若い女が顔を見せた。

「どなたです」

すぐに惣三郎の黒羽織に気づき、はっとした表情になった。

「お峰さんかい」

善吉がきく。

「そうですけど」

「こちらの旦那がききたいことがあるそうだ。正直にお答えしな」

うしろに下がった善吉に代わって惣三郎は前に踏みだした。

「真純屋の角吉を知っているな。幼なじみときいたが」

「はい」

お峰は悲しそうに目を伏せた。

「死んだのは知ってるようだな。なら話ははやい。角吉は死にたがっていたか」

お峰は目をみはった。

「どうしてそれを」

「やはりな」

「あの、ここではなんですから、お入りになりませんか」

惣三郎はお峰の言葉にしたがった。

四畳半一間きりの店だが、なかはきれいに片づいている。惣三郎は畳にあぐらをかき、善吉は土間に立った。

「角吉は、長倉滝五郎という侍に自分を殺すよう依頼したんだな」

向かいに正座をした娘にいった。

「そうだと思います」

「角吉と長倉の二人は知り合いだったのか」

「昔からの知り合いではなく、二人は私の働いているお店で知り合ったんです。私は煮売り酒屋にお世話になっているのですが」

「いきさつを話してくれ」

「私自身のことから話すことになりますが、よろしいですか」

「ああ」

自らを鼓舞するように一つうなずいたお峰は、ゆっくりとした口調で語りはじめた。

「私は六年前、ある家に嫁しましたが、姑と反りが合わず、夫も私をかばってくれず、結局、離縁ということになりました」

実家に両親はすでになく、弟夫婦が継いでおり、戻ることはできない。それでここに居を定め、近所の煮売り酒屋で働きはじめたのが半年前。

その煮売り酒屋に、幼なじみの角吉がよく来ていたのはまったくの偶然だった。婿入り先の女房とうまくいっていない様子の角吉と、離縁したばかりのお峰が男女の仲になるのにさほどときはかからなかった。

この長屋に角吉が泊まってゆくことは一度もなかったが、一緒にすごしているとき角吉はよく家のことを話した。

結婚して三年たつ女房の気持ちが番頭にあることを、結婚した翌年に気づいてしまった。自分に抱かれているとき、女房は太兵衛に抱かれている気分でいる。

あの女は番頭に惚れていたのか、と惣三郎はまつげを伏せたおいねを思いだした。

「角吉さんは、よくそんなことを話していました。私はただ黙ってきいているしかありませんでした」

　しかも、自分はもともと商売上手とはいえない。昔からの取引先を切ったのも、明らかにしくじりだった。その後も失策ばかり犯した。よかれと思って動けば動くほど、ことごとく裏目に出た。

　奉公人の気持ちは完全に離れてしまった。なんでこんなのを婿に入れたんだ。先代も亡くなる前はちょっとおかしかったからなあ。お嬢さんも気の毒だねえ。

　自分に商売の才はない。それは最初からわかっていた。

「死んでしまえば楽だな。最近はこんなことばかりいってました。ただし、残った二人がよろしくやっているのをあの世から見るのはいやだ、とも。そんなときです、角吉さんが長倉さまに出会ったのは」

　煮売り酒屋で、隣に座った若い侍に角吉はまじまじと顔をのぞきこまれた。侍は人相書を手にしていた。角吉はその人相書を見て、声をあげた。自分によく似ていた。

　侍は名乗り、角吉に七年前、上州に来ていたかきいた。角吉は上州には一度も行ったことがないと話した。侍も、角吉に人を殺せるだけの腕と度胸がないのを見抜いた。

　酒を酌《く》みかわして、角吉は事情をきいた。

　長倉は仇を追うのに疲れていることを、酔った勢いで話した。勘ちがいの末、旅の者に殺された父。そんな父のために、徒労としか思えない旅を果てしなく続けるのはもういやだった。

「そのあとどういう話になったか、私にはわかりません。二人は人目を避けるように外へ出てゆきましたから。でも、長倉というお侍に角吉さんが斬り殺されたというのを耳にして、どういうことかすぐにわかりました」


「旦那。つまり角吉は」

長屋を出て歩きはじめた惣三郎の背中に、善吉が声をかけてきた。

「おいねと太兵衛の二人が長倉に依頼して自分を殺した、と思わせたかったんですよね」

「そういうこったな。死んだ人間を悪くいいたかねえが、角吉というのはなにをやらせても半端だったのがわかるな。こんなんじゃ策略にもなってねえや。底が浅すぎらあ。だから、お峰も町方に教えなかったんだな。調べればすぐにわかると考えて」

「でも、角吉がそんなことを考えついたのも、やっぱり桜が関係してるのかもしれませんよ。昔から、桜の下ではいろいろあるっていうじゃないですか。角吉は桜の妖気にやられたのかもしれないですよ」

「そうかもしれんな」

でも旦那、と善吉がいった。

「それにしても、いつ角吉の狂言じゃないか、って考えたんです。なにかきっかけがあったんですかい」

「それか。青山久保町で、喧嘩してた男女がいたのを覚えているか。あのとき男が女を抱き寄せて、なにかささやいただろ。それが頭に残っていて、さっき真純屋の女房から話をきき終えたあと、ある光景がふと脳裏に戻ってきたんだ」

「ある光景っていいますと」

惣三郎はにやりと笑いかけた。

「おめえも一緒に見てるんだけどな」

「わからないですよ。もったいぶらずにはやく教えてください」

「広尾原で、角吉に斬りかかろうとして長倉が足を滑らせただろ」

「ええ、それで二人はもみ合って」

「そのとき一瞬、俺には長倉がなにかささやきかけたように見えたんだ」

「ほう、そうなんですか。なにをささやいたんですかね」

「角吉が青ざめてあまりにおびえた様子だから、やめてもいいんだぞ、とでもいったんじゃないか。だが角吉は、続けてください、と答えたんだろう」

「なるほど、それで長倉は角吉を。でも旦那、角吉が自死としたら、誰が長倉を殺ったたんですかい」

「それか」

惣三郎は自分の考えを話した。

「旦那、冴えてますねえ」

善吉は納得顔だ。

「でも、旦那の考え通りだとしたら、長倉って男もまったく運がなかったということになりますねえ」

本物の仇に長倉は返り討ちにされたのだろう、と惣三郎は考えているのだ。

十

やがて、惣三郎の考えが正しかったことが裏づけられた。

翌日、銀八の弟という男が奉行所に名乗り出て、兄が長倉滝五郎を殺したことを告げたのだ。

やはり長倉は銀八に返り討ちにされたのだ。おせきの家から市ヶ谷谷町に帰る途中、甲州から住まいがある青山久保町に戻ってきた銀八とばったり出くわしてしまったのである。

銀八は、綿の買いつけを行う商人だ。とにかく旅が多いために、子供の頃から父に厳しくいわれて剣術道場に通っていた。実際に、父も剣術修行のおかげで何度か危機を切り抜けたことがあったという。

ただし、あの七年前のことは一日たりとも銀八の脳裏から離れたことはなかった。

銀八というのはむろん本名だが、それで長倉に居どころが知れなかったのは、上州がはじめての地で知り合いが一人もいなかったことが大きかった。新しい買いつけ先を見つけることがそのときの旅の目的だったが、あれ以来、一度も上州には足を踏み入れていなかった。

「しかし、銀八という男もかわいそうですねえ」

奉行所の門を出た善吉が慨嘆する。

「侍を二人、しかも親子を殺してしまったことを苦にして自害してのけるなんて」

「まあ、この世を生きてりゃあ、いろいろあるということったな」

風が吹きすぎ、花びらが降ってくるが、桜から一時の勢いは失われている。初夏を思わせるほどに気温はあがり、歩いていると汗ばむほどだ。行きすぎる人たちの足取りは軽く、表情も明るい。

「みんな幸せそうですけどねえ」

「なにもないような顔をして歩いてるが、それぞれに屈託を抱えてるんだよな」

「旦那はどうなんです」

惣三郎はまじめな顔をつくった。

「やっぱり酒かな」

「でも、やめるつもりはないんですよね」

「桜も終わりかけてるからな。やめるには格好の時季かもしれん」

「やめられるんですか」

「やめてやるよ、見てやがれ。善吉、おめえにはなにかねえのか」

「ええ、別に」

「なにいってやがる。まるで女に縁がねえのを悩んでやがるくせに」

「旦那、それはいわない約束でしょう」

「心配するな。俺がそのうちいいのを見つけてやる」

「旦那、きっとですよ」

「おう、まかしとけ」

連れ立って歩く二人の背中を、明るい日があたたかく照らしている。

女幽霊

一

目を細め、手で庇をつくらないと、まぶしくて道の先が見えにくい。月代に手をやると、あぶられたように熱くなっていた。

左馬助《さまのすけ》は懐から手拭《てぬぐ》いを取りだし、汗まみれの顔を拭《ふ》いた。着物もべたべたと体に張りついて、はやいところ着替えたくてならない。

道行く人も、この暑さから逃れるために軒下や木陰を選んで早足で歩いている。

道沿いの一際大きな木陰には、ざんざら笠をかぶり、筵《むしろ》の上にあぐらをかいた金魚売りの姿がある。魚売りがつかうような底の浅い桶が二つ並べられ、一つには金魚、もう一つには目高《めだか》が入れられている。目高の桶に取りつけられた丈の長い取っ手には、金魚が一匹入ったびいどろの器が四つ吊り下がっていた。

男が、めだかぁー、きんぎょぉーと売り声をあげるその前で、幼子を連れた女房が足をとめてびいどろの金魚に見入っている。

隣の木陰では一杯一文のところてん売りが店をだし、そのさらに隣では手拭いでほおかぶりをした水売りが、ひゃっこいひゃっこいと声を張りあげていた。

喉《のど》の渇きを覚えた左馬助は、四文払ってその水を飲んだ。さして冷たくもなく砂糖入りとの触れこみほどの甘みもないが、それでも体にしみわたってゆくのが実感できるくらい、うまかった。

「お侍、まるで火事になりそうですねえ」

声をかけてきた水売りが目を向けている方角には町屋が連なっているが、どの屋根からも今にも煙に変わりそうな陽炎《かげろう》が立ちのぼっていた。

「ここを出るのが怖いな」

苦笑を浮かべて左馬助は器を返した。覚悟を決めて足を踏みだす。

しばらく歩いて、ふと暗くなったと思ったら、太陽に小さな雲がかかっていた。ありがたいと思ったのもつかの間、その雲もすぐに切れ、暑さが戻ってきた。飲んだばかりの水が汗になって肌から噴きだしはじめる。

頬《ほお》を伝う汗を指で払い、また手拭いを取りだそうとして、左馬助は右のほうから叫び声をきいた。場所は麻布本村町《あざぶほんむらちょう》の町並みが切れるあたりで、右手に仙台坂《せんだいざか》が見えている。

「てめえ、待ちやがれ」

黒羽織の町方同心が、長脇差を手にした若い町人を追っていた。そのうしろに中間《ちゅうげん》が続いている。

仙台坂を駆けあがった町人は、伊達家《だてけ》の下屋敷の長い塀が途切れたところにある稲荷《いなり》に飛びこんだ。

そこまで追ってきた二人の足が鳥居を前にしてぴたりととまる。

「くそっ」

十手《じって》を振りあげた同心は歯嚙みをして、石畳の上で荒い息を吐く町人をにらみつけている。追う者も追われる者もおびただしい汗をしたたらせ、着物は川にでもはまったかのようにぐっしょりだ。

「はじめて見たよ」

左馬助は河上惣三郎《かわかみそうざぶろう》に近づき、声をかけた。

「あれ、左馬助じゃねえか」

驚いて向けた目を町人に戻す。

「はじめて見たってなんのことだ」

「賊《ぞく》を前に、神社の見えない壁に足どめされている町方の姿さ。なにか河上惣三郎らしくないな」

「おあいにくさまだな。支配ちがいの場に足を踏み入れれば、罰《ばつ》を食らうのはこっちだ。それくらいの分別は俺にだってある」

左馬助は顎《あご》をしゃくった。

「やつはなにを」

「鞘《さや》が当たった浪人を口論の末、斬り殺しやがった」

「境内から追いだしてやろうか。そうすれば捕縛できるんだろ」

「頼めるか」

「だが大丈夫かい。あの男、町道場で習った口だろう、相当遣《つか》えるぜ。応援を待ったほうがよくないか」

あたりには、なにごとが起きたのか、と徐々に野次馬が集まりつつある。老若男女を問わず、いずれも興味津々《きょうみしんしん》といった色を顔に浮かべて左馬助たちを遠巻きにしていた。

「いらん心づかいだ。十手の冴《さ》えを見せてやる」

河上は胸を叩くようにいったが、うしろで中間がまずいという顔をしている。

左馬助は目配せした。いざとなれば助太刀《すけだち》してやる、という合図だったが、その意は伝わったようで、中間はよろしく頼みます、とばかりに小さく頭を下げた。

鯉口《こいくち》を切って左馬助は鳥居をくぐった。

「なんだ、あんたは」

息をととのえ終えた男が瞳を光らせ、血がわずかに光る長脇差を握り直した。人を殺した直後の隠しようのないぎらつきが顔全体にあらわれている。よく見ると、着物に汗ではない大きなしみがべったりとついていた。

「きいてただろ」

左馬助がいうと、男は肩で大きく息をした。

「つかまればどうせ死罪だ。町方に手を貸すんなら、あんたも道連れだ」

そういって長脇差を構え直す。どっしりと落ちた腰が、厳しい稽古をくぐり抜けてきていることをはっきり教えている。

「では、仕方ないな」

つぶやくようにいって左馬助は刀を抜いた。おお、というどよめきがまわりから起こる。

左馬助の構えを見た男は一瞬気圧《けお》された表情になったが、すぐに全身に殺気をこめた。どうりゃ。気合をかけるや石畳を蹴るようにして斬りかかってきた。

左馬助は袈裟《けさ》に振られた長脇差を身をひらいてかわし、男の横に出た。

男は再び袈裟に打ちおろしてきた。左馬助は半歩下がることでよけ、刀を突きだそうとした。

男はびくりと長脇差をあげかけたが、左馬助の動きがふりにすぎないことを知ってそのまま長脇差を叩きつけてきた。左馬助はわずかに体を動かしただけでかわした。

男は頬に血をのぼらせ、さらに斬撃《ざんげき》を繰りだしてくる。

左馬助は刀を振るうことなく避け続けた。

やがて攻め手をなくした男は肩で息をつきはじめた。いつの間にか鳥居の間近まで来ていることに気づき、もう一度稲荷の奥に戻ろうとしたが、左馬助は歩を進め、それをはばんだ。

ぎりと唇《くちびる》を嚙んだ男は、渾身の力をこめて長脇差を頭上から落としてきた。左馬助ははじめて刀を振るい、軽々と打ち返した。

きん、と乾いた音が夏空に吸いこまれてゆき、その一撃で体勢を崩した男はふらりと鳥居の外に出た。足を踏ん張って境内に戻ろうとしたが、左馬助は間合をつめ、袈裟よりも低い角度で刀を振りおろした。

刃先が長脇差の鍔《つば》近くに届いた瞬間、左馬助は手首をひねった。音もなく男の腕を離れた長脇差はかたわらの木陰へ飛んでいった。

男は、長脇差が消えた方向を呆然《ぼうぜん》と眺めている。

左馬助がかすかにうなずいてみせると、うしろから近寄った河上が十手を振りあげた。

うわっ、と悲鳴をあげた男は首筋を押さえ、地面に膝《ひざ》をついた。河上がもう一発見舞うと、男は前のめりに倒れ、動かなくなった。

野次馬たちが、やったあ、と大きな歓声をあげた。

「善吉《ぜんきち》、縄を打ちな」

男の背中を踏みつけた河上が命じた。

中間の善吉が捕縄で男をがっちりと縛りあげるのを確かめた左馬助は刀をおさめた。

途端に暑さが戻ってきた。着物は、河上たち以上にびっしょりになっていた。

河上が近づいてきた。

「助かった。礼をいう」

左馬助は目を丸くした。

「まさか礼をきけるとは思わなかった」

「この口は、いやみやぼやきのためだけについてるわけじゃないぞ」

「本当にありがとうございました」

捕縄の先を握った善吉が深く頭を下げた。それを見た河上もそうすべきか迷っている。

左馬助は笑った。

「かまわんよ。河上のおっさんにそんなことされたら、背中がむずがゆくなりそうだ」

「誰がおっさんだ」

答えず左馬助がまわりを見渡すと、河上が眉《まゆ》をひそめた。

「どうした。そんなにむずかしい顔して」

左馬助は、誰かがじっと見ている目を感じている。いまだに野次馬たちが畏敬《いけい》の眼差《まなざ》しを向けてきているが、それらとは異なる目だ。

「いや、なんでもない。じゃあ、またな」

手をあげて左馬助は歩きはじめた。

二

「くそ、それにしても暑いなあ」

櫂《かい》を持つ手をとめ、ほおかぶりの手拭いを取った船頭は独り言をいって首筋を拭いた。

「なんだよ、しぼれそうじゃねえか」

すっかり湿ってしまった手拭いで顔を包み直す。船頭は、新堀川《しんぼりがわ》を猪牙舟《ちょきぶね》で往き来して荷を運ぶことを生業《なりわい》にしている。

風が川面を吹きすぎてゆくと生き返ったような気分になるが、しかしそれはほんのときたまにすぎず、流れ沿いの草や木々は死罪を告げられた罪人のようにうなだれている。

じき白金村《しろがねむら》ともお別れというところに差しかかったとき、船頭はおや、と思った。

「なんだい、ありゃ」

櫂を持つ手をとめ、流れに舟をまかせる。

「人じゃねえのか」

うつぶせになった男が、流れに足先をつからせていた。真夏というのに、わずかにのぞく横顔は真っ青になっている。顎のところに大きな傷が見える。

船頭は舟を岸に乗りあげさせ、土手におりた。生い茂る草をかきわけて近づき、おい、と声をかける。返事はない。

船頭はため息をついた。

「ついてねえな、土左衛門《どざえもん》、見つけちまうなんて。名主さんのところに行かなきゃ」


月のない空には雲が重く垂れこめ、天上で暮らす者の分厚い夜具が敷きつめられているようだ。夏とは思えないほど涼しい風が闇にへばりつくように行きすぎて、梢《こずえ》を音もなく揺らしてゆく。

ときは八つすぎ。ときおり梟《ふくろう》らしい声や虫たちの鳴きかわす声が耳につく程度で、人の発する物音はなに一つきこえない。

儀太郎《ぎたろう》がこわごわとあたりを見渡した。

「喜助《きすけ》は、ここで見たっていったんだよな」

闇に押し潰されそうな小さな声で、問う。

「ああ、通夜でしこたま飲まされて通りかかったら、ってぇ話だった」

「その鳥居のそばに立ってたっていってたよな」

ああ。伊三次《いさじ》は提灯《ちょうちん》を向けた。

鳥居が闇に浮かびあがる。長いこと風雨にさらされて、ずいぶんと古ぼけている。鳥居の先には延々と石畳が続き、やがて本殿に至る。本殿自体は小ぢんまりとしているが、境内は無住とは思えないほどに広い。

「ちぇ、蚊《か》がひでえなあ」

儀太郎が腕をはたく。虚勢を張ったような声で、それを裏づけるように、ぴしりと大きく響いた音に自らびくりとした。

「でも、ほんとに出るのかねえ。酔っ払って幻を見たのかもしれないよ」

「喜助は酒に飲まれるような男じゃないぞ。それに、いろいろ話はある神社じゃないか。この鳥居で女が首をくくったという噂《うわさ》もきいたぞ」

女は、盗みの疑いをかけられた末、自害して果てたという。

「じゃあ、出るのは」

「その女かもしれんな。濡衣《ぬれぎぬ》だったら、相当のうらみを残して死んだはずだから」

「でも、それは昔のことなんだろ。それなのに、なんで急に出る気になったのかな」

「さあな。幽霊がなに考えてるかなんてわからんよ」

伊三次は笑いかけた。

「来なきゃよかった、ってえ顔だな。無理に誘って悪かったか」

「そんなことはないさ。肝が太いところを見せてやるよ」

不意に虫の声がやみ、あたりはしんとした静寂に包まれた。それまで感じなかったむっとする草いきれのようなものが鼻先を漂い、その直後、またも冷たい風が吹きすぎて、提灯の灯が大きく揺れた。

風が大きく鳴り、提灯が伊三次の手を離れていった。まるで宙を飛んだ物《もの》の怪《け》に持っていかれたようだ。三間ほど離れた地面に落ちた提灯は激しい炎をあげたのち、見えない手に握り潰されたように燃え尽きた。

闇の分厚い壁が立ちはだかり、それが急激に迫ってくるようで、伊三次は息苦しさを覚えた。

顔をこわばらせた儀太郎が伊三次の背後を見て、あわわわ、と唇を震わせている。なにが起きたのか、伊三次にはきかずともわかった。

背筋が凍るのを伊三次は感じたが、腹を決め、ゆっくりと振り向いた。

一筋の光もないのに鳥居の奥、石畳の脇に女が立っているのが見える。喪服らしい白の着物をまとっているが、闇と同化している足のあたりはまったく見えない。長い髪が首に巻きついたようになっている。

「で、出たあ」

儀太郎が声をあげ、肩をつかむ。

「い、伊三次、に、に、逃げよう、は、はやく」

伊三次は、激しく上下する手に触れてやった。

「静かにしろ」

女が口を動かしている。うらめしげな目で虚空をにらみ、一字一字を区切ってつぶやいていた。

伊三次は、女がなにをいわんとしているのか、きき取ろうとした。

語り終えたのか、女が口を閉じた。瞳だけをぎろりと動かし、伊三次を見つめる。

まともに目が合い、伊三次は呼吸を忘れるほどの恐怖を覚えた。足ががくがく震えだしそうなのを気持ちで抑え、大丈夫だと自らにいいきかせる。ごくりと息をのむ。喉はからからだ。

女の髪がいきなり首からはずれ、風もないのに強風にあおられたように持ちあがった。それがこちらに伸びてくるような錯覚に伊三次はとらわれた。ぎゃあ、と悲鳴をあげたのは儀太郎だ。

気がつくと、夜の向こう側に去ったように女の姿が見えなくなっていた。

「うわ、消えやがった。ど、どこに行きやがったんだ。か、帰ろう、伊三次、はやく」

儀太郎がほっとしたようにいう。幼子のように手を引こうとする。

遠慮がちながらもまた虫の声が戻ってきた。女がまちがいなく去ったことを伊三次は確信した。

「儀太郎、今の言葉、きいてなかったのか」

「えっ、なにかいってたのか」

「ほんでんのかいいいいいいいいいいいい、いいいいいいいいいいいいいいい、か、のかいだんのしたにいちりょう」

「えっ、なに」

「本殿の階段の下に一両。女はそういったんだよ」

「幽霊の言葉を信じるのか」

「もしかしたら、女は本当に金を盗んだのかもしれない」

「えっ。じゃあ、階段の下にその金を隠したってことかい」

「なくてもともと、あったらとてつもない儲けだぜ。一両なんて拝んだことないだろ」

伊三次は腕組みをし、石畳の奥を見つめた。残念そうに舌打ちする。

「でも今夜は無理だな。提灯はだめになっちまったし、月もないし」

不意に虫の声が途絶えた。うしろになにかが立った気配がした。それがじっとこちらを見ている。怖くて振り向けない。

気配が消えるまで、金縛りにあったように二人はひたすら体をかたくしていた。


「どうだ、伊三次。ありそうか」

儀太郎が声をかける。

「ちょっと待ってくれ」

伊三次は鍬《くわ》で階段の下を掘り続けている。日はのぼりつつあるが、深い木々に囲まれた境内には白い靄《もや》が立ちこめ、陽射しはわずかしか届かない。明け方のひんやりとした大気はすべての物音を吸いこんでしまう清澄《せいちょう》さに満ち、あと四半刻《しはんとき》もすれば競うように鳴きはじめる蟬《せみ》も、ときを計っているかのように鳴りをひそめている。

ただ、伊三次が振るう鍬の規則正しい音だけが境内に響いていた。

「あったぞ」

伊三次が声をあげ、鍬を放りだした。掘りだした物から土を払い落とし、右腕を誇らしげに掲げた。指に、金色に光る物がはさまれている。

「小判じゃねえか。見せてくれ」

儀太郎は手にとって、じっくりと見た。

「本物だよな」

「もちろんさ。といっても、俺もはじめて見るからよくわからないけど」

「これでおしまいかな」

「一両とはいってたけど、もうちょっとやってみるか」

伊三次はさらに四半刻ばかり、掘り続けた。

やがて首を振ってあきらめた。

「ないな。それだけだ」

伊三次は土を埋め戻しはじめた。

「伊三次、これどうする」

儀太郎は、手の内の小鳥のように小判を大事に握っている。

「どうするって」

「いや、あのさ……」

伊三次は手をとめ、笑った。

「山わけに決まってるだろ。俺とおまえの仲じゃないか」

「うれしいよ、伊三次」

儀太郎は涙ぐみそうになっている。

「でもさ、俺たちの物にしても大丈夫かな。祟《たた》られやしないかな。家に押しかけてくるなんてこと、ないかな」

「だって、向こうが教えてくれたんだぜ」

「ああ、そうか。そうだよな」

途端に儀太郎は元気づいた。

「ただし儀太郎」

伊三次は怖い顔をつくった。

「このことは誰にもいうんじゃないぞ」

三

左馬助はたくあんをつまみ、小気味よく咀嚼《そしゃく》した。豆腐の味噌汁をすすり、根こそぎにするように飯を口に持ってゆく。熱々《あつあつ》の玉子焼きをふうふうと食った。

「いやあ、鳴瀬《なるせ》さまの食いっぷりは本当に気持ちいいですねえ」

衝立《ついたて》の陰から立ちあがったあるじが笑いかけてきた。空の膳を二つ持っている。

「父には、お預けを解かれた犬みたいにがっつくな、とよく怒られたものだが。おぬしの腕がいいせいだよ。飯も味噌汁もおかずも本当にうまい。特にこの玉子焼きは絶品だな。こんなにうまいのははじめてだ」

あるじの仙吉《せんきち》はにっこりと笑った。

「そうおっしゃっていただけると、あっしもうれしいですよ」

最近贔屓《ひいき》にしはじめた一膳飯屋で、松橋屋《まつはしや》という。二十畳ほどの座敷があるだけの店だが、うまくて安く、店の雰囲気、つくりもいい。さすがに昼どきは足の踏み場もないほど混むが、少しときをずらせば落ち着いて食事を楽しむことができる。

茶を喫して左馬助は立ちあがった。厨房の隣の竹柵で仕切られた間に、ちんまりと座っているばあさんに代を払う。

「前から気になってたんだが」

左馬助はばあさんにきいた。

「その金はなんだい。釣銭じゃないよな」

ばあさんの背後の壁に大福帳が吊り下げられているが、その前に小銭が大量に入ったびいどろの器が置かれている。

「ああ、これはお客さんに志をお願いしているんです」

穏やかな声でばあさんが説明する。

「近くに、親と死に別れたり、捨てられたりした子の世話をしているお寺があるんです。そちらに寄付するためのお金です」

「ほう、そうか。じゃあ俺も」

左馬助は五文をばあさんに手渡した。

「ありがとうございます」

「たまにはいいことをせんとな。その寺にはどのくらいの子供がおるのだ」

「三十七人です」

「そんなにか」

「実はあっしも世話になってたんですよ」

煮しめの鍋を長箸でかきまわして、仙吉がいう。

「金だけじゃ恩返しにならないものですから毎月三度、子供たちを招いて、飯をたらふく食わせてやってもいるんですよ。あの子たちの喜ぶ顔を見るのが、今では生《い》き甲斐《がい》になってましてね」

「ああ、そうなのか」

左馬助は感銘を受けたが、あれ、とすぐに思った。

「こちらは母御だよな」

「ええ、おっかさんですよ」

仙吉は笑ってうなずいた。ばあさんもにこにこしている。

なにか深いわけがありそうだったが、左馬助は、うまかったよ、また来る、とだけいい置いて暖簾《のれん》を払った。

厚い雲が空をくまなくおおい尽くしているせいで、そんなに暑くない。ただ、締めきられた部屋のように風がなく、梅雨どきのような湿気が居座っている。

辻の木陰で西瓜《すいかう》売りが店をだしていた。一畳はあると思われる広い台の上に、切り割られた西瓜がいくつも並べられている。西瓜以外にもとうもろこしと真桑瓜《まくわうり》が売り物だが、この天気のせいもあるのか、店の前に人影はなく、諸肌を脱《ぬ》いだ親父は煙管《きせる》をふかすことでときをやりすごしている。

十間ほど進んで左馬助は足をとめた。また誰かに見られている感覚が襲ってきている。眼差しに殺気がこめられている気がして、左馬助は刀に手を置いた。無意識に鯉口を切ろうとしている自分に気づく。

町人たちが、抜き身を見るような目つきで左馬助のそばを通りすぎてゆく。

左馬助は刀から手をはずし、付近を見まわした。自分を見つめている者などどこにもいない。

いや、いないのではない。ただ、見つけられないだけの話だ。自らの未熟さに、左馬助は臍《ほぞ》を嚙む思いだった。

四

「儀太郎。誰にもいうな、ってあれだけいっただろうが」

あくる日の日暮れ、夕餉《ゆうげ》の支度のために儀太郎の女房が家に帰ってゆくのを見届けてから、伊三次は叱りつけた。

「なんのことだい」

「とぼけるなよ。おまえがぺらぺらしゃべっちまったおかげで、俺たちがお宝を手に入れたことがばれただろうが。一両、おっかさんに取りあげられちまったよ。拾い物だからって名主さんのところに持ってってっちまった」

「ちょっと待った。俺は一言も話しちゃいないぞ。山わけを待ってる身なのに、自分に損なことを、なんでいわなきゃいけないんだよ」

「だったら、なぜ一両のことが村中の噂になってんだ」

「知らないよ。でも、もしかしたらあのとき誰かに見られてたのかもしれないな」

儀太郎がぽんと手を打ち合わせる。

「それか、幽霊がいいふらしたとかさ」

伊三次は背中が少し冷たくなった。


「お師匠さん、宮沢神社の話、知ってる」

午後の手習がはじまる前、手習子のお美代《みよ》が重兵衛《じゅうべえ》にきいてきた。

「いや。なんの話だい」

「えっ、知らないの、お師匠さん」

吉五郎《きちごろう》がはやし立てるようにいう。

「村でお師匠さんだけじゃないのか」

「なんのことだ」

「それはねえ」

吉五郎が得意げに話しだそうとするのをお美代が制した。

「ちょっと待ちなさいよ。お師匠さんに話をはじめたのはあたしよ。あんたは黙ってなさい」

吉五郎はいい返そうとしたが、お美代ににらみつけられてしぶしぶ口を閉じた。

重兵衛は、お美代の言葉に耳を傾けた。

「ふーん、そうか。不思議なこともあるものだな」

「でも一両ってすごいでしょ、お師匠さん」

「確かにすごいが、あまり関心もないな。第一、一両くれるなんていう奇特な幽霊なんて、きいたことがない。なにか胡散臭《うさんくさ》いな」

「そうなのかなあ」

吉五郎が首をひねる。

「お師匠さんは信じないの。一両、ほしくないの」

「吉五郎はほしいのか」

「もちろんだよ」

「ねえ、お師匠さん、今夜行かない。噂をきいて村中の人がその女の人に会いに宮沢神社に行くらしいの」

「どうしてお師匠さん、そんなこというの」

吉五郎が抗議の声をあげる。

「ええ、そんな」

「もし宮沢神社へ行ったのなら、その子はもう明日から来なくていい」

重兵衛は呼びかけた。

「いいかい、みんな」

「ふーん、そりゃ楽しみだわ」

「今年はもう大丈夫だって。去年とはちがうとこ、見せてやるよ」

「もう二度と肝試しなんかやらないって泣きわめいてたじゃないの」

お美代が冷ややかな目で見る。

「あら、去年の夏、墓場に一人きりにされて大泣きしたのは誰だったかしら」

「おいらは全然怖くないよ。こう見えても肝は据わってるからね」

吉五郎が冷やかすようにいう。

「あれ、お師匠さん、怖いんじゃないの」

厳しい顔でお美代に告げた。

「俺は行かん」

「どうしてもだ。それでよければ、吉五郎、行ってこい」

重兵衛はお美代に顔を向けた。

「お美代はどうする」

「お師匠さんが駄目っていうんなら、行かないわ」

重兵衛が笑うと、お美代はうれしそうに笑い返してきた。

「まったく脅《おど》しだよな」

頬をふくらませた吉五郎が松之介《まつのすけ》にいう。

「まさかお師匠さんがそういう人だとは思わなかったよ。俺たちがそんなことできないのがわかってて、いってんだもんな」

「ああ、足元見るなんてな。本性、あらわしたんじゃないのか」

重兵衛は苦笑した。

「吉五郎、松之介。内緒話だったら、もう少し小声でやってくれ」

五

打ちおろされた竹刀《しない》を、左馬助は楽々と弾《はじ》きあげた。何度も攻撃を繰り返していずれも打ち返され続けていた相手は体勢を崩しかけたが、それでも渾身の力をこめた胴を放ってきた。

左馬助は打ち払い、相手との間合を一気につめた。面を狙う。

それを見て相手は右に逃れようとした。左馬助はすばやく腰をひねり、相手の逆胴を打った。

相手は応じたが、それまでだった。左馬助がさらに繰りだした胴には対応できなかった。懸命に防御の姿勢をとろうとしたが、左馬助の竹刀のほうがはるかにはやかった。

びしりと小気味いい音が道場内に響き渡る。相手は面のなかであっという顔をし、まいりました、と片手をあげてひざまずいた。

左馬助の相手をしたのは、入門してまだ二年にも満たないが、師範の新蔵《しんぞう》が素質は相当のものと目をかけている若者だ。

「秀之進《ひでのしん》、体に力をつけなきゃいかんな。打ちこみが軽い。それから、あと半歩深く踏みこむ気持ちで来い。竹刀が伸びを欠く」

「はい、ありがとうございます」

左馬助はそれから四人の門人の相手をした。

兜首《かぶとくび》を狙う足軽のような目で、若い門人たちは挑んできた。左馬助から一本取ったとあれば、道場内で一目置かれる存在になるのはまちがいないのだ。

しかし、左馬助の相手になるような若手は一人もおらず、左馬助は余裕を持って若者たちの相手をした。

最後の一人の面を打ち据えて稽古を終えた左馬助は壁際に下がり、面を取った。どっと噴きだしてきた汗を手拭いで拭く。

目を閉じ、しばらく息をととのえていた。激しかった鼓動もおさまりつつある。

そのとき、また眼差しを感じたように思い、はっと顔をあげた。

連子窓に六、七名の町人が顔を張りつかせている。入門を考えているのか、誰もが真剣な顔で門人たちの稽古を眺めている。

そのなかで、一人異質な者がいた。

やせこけた頬をした目つきの鋭い男である。瞬きのない目でじっと左馬助を見つめている。その瞳にこめられているのは、紛れもなく憎しみだ。左馬助と目が合っても、そらそうとしない。

左馬助は竹刀を手に、胴をつけたまま駆けだした。裸足《はだし》で外に飛びだす。

連子窓に群がる町人たち一人一人の顔をにらみつけた。

「ここにいた男は」

語気鋭くきいた。

「えっ。ああ、あっちへ行きましたけど」

一人が東の方向を指さした。

左馬助は走りだした。

二町ほど全力で駆け、まわりを見渡したが、男を見つけることはできなかった。

何者だ、と左馬助は男の顔を思い浮かべた。

見覚えはないし、これまで一度たりとも会ったことはない。

しかし、あの憎しみに満ちた眼差し。あんな目で見られるということは、あの男にうらみを買ってしまうなにかをしたということだろう。

(だが、顔を見たこともない者に……)

いや、あの男の血縁になにかをした。これなら十分に考えられる。

左馬助は道場に戻りはじめた。最近あったことといえばなにか。

考えるまでもなかった。伊達屋敷脇の稲荷での捕り物だ。今の男は、あのときつかまった男の血縁ではないのか。兄弟、従兄弟、もしくは兄弟のように育った者。

六

「伊三次よう。もう幽霊は出ねえのかな」

畦《あぜ》に座りこんだ儀太郎が西の空を眺めつつ、いう。暑かった一日もようやく終わり、長い野良仕事から解放されて、一日で最も息をつける刻限だ。

「そうだろうな。盗んだのは結局、あの一両だけだったんだろう」

伊三次も、真っ赤に燃えあがりつつ没してゆく太陽を見つめている。田畑も林も草原も家々も、ものの見事に橙色《だいだいいろ》に染まっている。

「でもさ、本当にそうなのかな。もっと隠してあると思うんだけど」

「どうして」

「いや、別に理由はないんだ。あくまでも勘だけどね」

「確かに、一両で死を選ぶものなのか、と俺も思う。一両盗んだだけじゃあ、せいぜい敲《たたき》だろ」

「死を選ぶかどうかは、その人の性格にもよるんだろうけどさ。まあ、でもここしばらく出るって噂もきかないし、やっぱりあの一両で終わりなのかもしれないね」

「いや、出てこないのは、毎晩毎晩、騒ぎすぎたからだと思うんだ。みんなで押しかけたら、そりゃ出にくいだろうぜ。何十人がいっぺんに幽霊見たなんて話、きいたことないだろ」

「そういわれりゃそうだな。幽霊話ってのはせいぜい一人か二人だ」

どこからか味噌汁の匂いが漂ってきた。儀太郎の腹の虫が鳴いた。

「儀太郎、今夜行ってみるか」

「えっ、でも女房がなんていうか」

「やっぱり怖いんだな。もしお告げがあったら、そのときは俺の独り占めだけど、文句はいわないよな」

見あげていると、降ってくるのでは、と錯覚しそうな満天の星だ。月は東の低い位置にあるが、薄い雲がかかっていて、輪郭がわずかにつかめる程度だ。遠くから八つを告げる鐘がきこえてきた。

「そろそろかな」

鍬を肩にかついだ儀太郎がつぶやく。

「たぶんな」

しかし女の幽霊は出てこない。

八つ半をすぎ、あきらめかけた二人が帰ろうかというときだった。鳥居のやや奥にかすかな光が宿ったかと思うと、次の瞬間、女が立っていた。

「お、出たぜ」

伊三次は提灯を吹き消した。また提灯を駄目にされてはたまらない。

女を見つめる。この前と同じく、虚空を見つめている。口を動かし、つぶやきはじめた。

「伊三次、なにかいってるぜ」

息をのんだ儀太郎がささやきかける。

「ああ、一言もきき漏《も》らすなよ」

やがてすっと口を閉じると、女は夜の幕に包まれたように姿を消した。

儀太郎が大きく息を吐きだす。この前みたいには震えていない。

「右側の二つ目、っていったのはわかったけど……。伊三次は」

「ついてこいよ」

提灯に火を入れた伊三次が足をとめたのは、本殿に通ずる石畳脇に立つ灯籠《とうろう》の前だ。

「女はこういったんだよ。老杉《ろうさん》から数えて右側の二つ目に立つ灯籠」

「ろうさんというと」

「杉の老木のことだよ。この神社にある杉の木でいかにも年老いたっていうのはその木だろ。広い境内だ、灯籠はいくつもあるけど、その杉から数えて右へ二つ目というと、この灯籠になる」

「じゃあ、この灯籠の下にお宝があるのか」

「たぶんな。掘ってみてくれ」

儀太郎は勇んで鍬をつかいはじめた。

さして掘り進めるまでもなく、鍬が金物に触れる音がした。

「あったぞ」

伊三次は提灯を近づけた。

鍬を捨て、儀太郎は手で土を払ってゆく。

「やったぞ。また一両だ」

ほしかったおもちゃを与えられた子供のような顔で、手を高々とあげた。

「どれ、見せてくれ」

伊三次が提灯の灯を当てると、小判は金色の光を放った。

「今度こそ正真《しょうしん》、俺たちのものだよね」

「その通りだ。儀太郎、誰にもいうなよ」

「わかってるって」

伊三次は提灯の光を用心深くあたりに走らせ、自分たち以外、境内に人っ子一人いないことを確かめた。

七

「河上のおっさん、捜したぞ」

振り向いた河上がにらみつけた。

「誰がおっさんだ」

河上はずいぶん赤い顔をしている。明らかに日に焼けたせいではない。

「なんだ、また飲んでるのか」

うしろに控える善吉が、自分がとがめられたような申しわけなげな顔をする。

「酒に強いあんたがそこまで赤くなるなんて、相当入れたんだな」

「俺が飲みたいっていったわけじゃないぞ」

酒の香を強烈ににおわせて、いう。

「こんなに暑いと、はやく冷やしてくれって体が悲鳴をあげやがんだ。だから、体のためを思って飲んでやったんだ。もちろん冷や酒だぞ」

「相変わらずの屁理屈《へりくつ》だな。しかしおぬし、話があるときは本当にいないよな。二日捜したぜ。どうでもいいときにはよく顔を見せるくせに」

「うるさい。話があるんだったら、重兵衛のところに来りゃいいんだ。頼みごとがあって、ちょくちょくやつの——」

「旦那、ちょっと」

善吉にいわれ、河上はあわてて口を閉じた。

「なんだ、頼みごとって。まさか無理難題を押しつけてるんじゃないだろうな」

「俺がかわいい重兵衛にそんなことするわけないだろ。それで左馬助、なんだ、話ってのは」

にわかに話をそらされたようで釈然としなかったが、左馬助は語った。

「この前、捕まえた花造《はなぞう》に兄弟がいるかって」

河上は首を大きく振った。

「やつは天涯孤独の身だ。兄弟どころか従兄弟もおらん」

「兄弟同然に育った者は」

「そこまでは調べてはおらん」

河上がいぶかしそうに左馬助を見る。

「だが、なんでそんなことをきくんだ」

左馬助はわけを話した。

「見知らぬ男につきまとわれてるだと。なるほど、あれをうらみに、と思っているのか。なにかされたのか」

「いや、ただ、じっと見ているだけだ」

「だったら、気にすることはないんじゃないのか」

「そうはいってもな」

河上は鼻の頭をかいた。

「わかったよ。調べてみよう。おまえさんには借りがある」

河上が空を見あげた。太陽は頭上にあって、海ですら干あがりそうな強烈な陽射しを送り続けている。

「それにしても暑いな。天のやつら、鍋でもやってるんじゃないのか。くそ、また喉がうずきはじめやがった」

「まだ飲むつもりか」

「だから、俺が飲みたいっていってるわけじゃないって。左馬助、昼は食ったか」

「まだだが」

「一緒にどうだ。ちょうどそこに安くてうまい店がある」

左馬助はあたりを見まわした。今いるのは、この前来たばかりの麻布善福寺門前西町《ぜんぷくじもんぜんにしまち》だ。この暑さの下、人通りはけっこうあり、数十枚の団扇《うちわ》を平皿のように重ねて天秤棒にぶらさげた団扇売りや、宝珠《ほうしゅ》の図が描かれた傘をさしているしゃぼん玉売りなど、夏ならではの行商の姿も見える。

「松橋屋だな」

「なんだ、知ってるのか。なじみか」

「いや、最近見つけたんだが。あの店にもたかる気でいるのか」

「その、にも、ってえのは気に入らねえな。まるで俺がどこでもそうしているようにきこえるぞ」

「ちがうのか」

左馬助は善吉にきいた。

「あの店ではちゃんと払ってます」

「善吉、おめえもいい方がおかしいぞ」

「おっさん、はやく行こう」

「左馬助、おっさん呼ばわりはやめろ。俺はまだ三十四だぞ」

「立派なおっさんじゃないか」

腹ごしらえをした三人は満足して松橋屋をあとにした。勘定は、花造のことを調べてもらう手前、左馬助が持った。

「やっぱりうまいな」

爪楊枝《つまようじ》をくわえて河上がいう。

「まさか四合も飲むとはな、畏れ入ったよ。でも、確かにあるじの腕は抜群だよな」

左馬助は店を振り返った。

「あの母子、わけありみたいだが、知ってるか」

「俺の生業をなんだと思ってるんだ。町方同心が市井《しせい》のことで知らねえことなどあるわけねえだろうが」

「いかにもおっさんらしい大見得だが……教えてくれるか」

「ああ。別にもったいぶるほどのことじゃねえからな」

河上に肩を並べ、左馬助は耳を傾けた。

「仙吉が子供の時分、浅草寺《せんそうじ》のほうに家人三人で出かけたんだ。そのとき、お美佐《みさ》がかたく握っていたはずの仙吉の手がいつの間にか別の子供のに変わってな。危うく、人さらいにまちがわれるところだったそうだ」

それが今から四十年以上も前のことだという。母親のお美佐は懸命に仙吉を捜したが、せがれは見つからなかった。

それから消息が知れないまま十四年たち、そのあいだに父親が病死した。

仙吉のことを想いながら一人暮らしていたある日、お美佐は、身寄りのない子供を世話している寺でこれまでまだ行ったことのない寺があるのを耳にした。勇んで行ってみたがその寺にせがれはおらず、いた形跡もなかった。しかし、ほかにもまだ訪ねたことのない寺がいくつかあることをお美佐は知った。

そして、ついにお美佐はせがれが長いこと世話になっていた寺を見つけたのだ。それが麻布宮村町《みやむらちょう》にある忠厳寺《ちゅうげんじ》だった。

「どうしてそこにせがれがいたのがわかったかというと、仙吉は父親から贈られた子供用の巾着《きんちゃく》を持っていたんだ。それを住職が覚えていてな」

その巾着には一目でわかる特徴があった。根付は鼠《ねずみ》、これはせがれが鼠年の生まれだからつけたものだが、巾着に仙の字が細かくていねいに刺繍《ししゅう》されているのだ。

「俺も前に見せてもらったが、それは見事なものだったぜ」

玉子焼きの行商からはじめたせがれが、今では一膳飯屋をだしていることを住職から教えられたお美佐は店を訪ねていった。

「松橋屋の玉子焼きがうまいのは、もともとお美佐が得意にしていたからだ。仙吉は、幼い頃食べた味を再現してるらしいな」

「そんなことがあったのか……。贈り物じゃないが、父親の形見なら俺も持ってるぞ」

左馬助は懐から根付を取りだした。

「ほう、珍しいじゃねえか、狸《たぬき》と狐《きつね》が相撲を取ってるなんて。いい物だな」

「価値はわからんが、どんなに高かろうと手放せる物ではない」

「親父の形見なら俺にもあるぞ。これだ」

河上は着物の前をはだけ、腰に差してある十手を見せた。

「これは昔、親父が愛用してたやつだ」

「ちょっと旦那、ご隠居はご存命ですよ。どころか、今でも同心に戻れそうなくらい壮健でらっしゃるじゃないですか」

「あれ、そうだったっけな」

「いいつけますよ」

河上はくるりと振り返った。

「善吉、本気じゃねえよな」

「怖いんですか」

「ふん、あんな親父なんざ……頼む、やめてくれ」

惣三郎が善吉に向かって手を合わせた。

八

午後の手習がはじまる前、宮沢神社からまた一両が出たのを重兵衛はお美代に教えられた。

「前に伊三次さん、おっかさんに取りあげられちゃったから、今度は儀太郎さんが持っていたんだって」

しかしそれも、結局、女房に見つかり、名主さんのところに持っていかれたという。

「苦労が報われなかったのか。でも、なんでお美代はそんなに詳しいんだ」

「お師匠さんが知らなすぎるのよ。村のなかでいつも一人おくれてるから、私が一所懸命、教えてあげてるのよ。それにこの話をすると、みんな眠気が飛ぶでしょ」

お美代のいう通り、満腹になった子供たちはほとんどが眠たそうにしていたが、この話題になるや身を乗りだしてきていた。

「その通りだな。お美代には感謝しなきゃいかんな」

重兵衛はにっこりと笑った。

「じゃあ、みんながやる気になったところで、はじめるか」

「ええ、もう」

吉五郎が不満の声をあげる。

「もうちょっとその話をしようよ。お美代が誰からその話をきいたのかとか」

重兵衛はうなずいた。

「いいよ。お美代は誰からきいたんだ」

「お知香《ちか》おばさん。おばさんが誰からきいたかは知らないわ」

「俺は知ってるぞ」

松之介が声をあげる。

「お知香さんにはうちのおっかさんが教えたんだよ。おっかさんは遊山《ゆさん》の人からきいたらしいよ」

「遊山の人って」

吉五郎が問う。

「そこまでは知らない」

「遊山の人ってことは、村の人じゃないわよね」

お美代が首をひねる。

「なんでよその人がそんなこと、知ってるのかしら。不思議だわ」

「よし、もういいな」

重兵衛は子供たちを見渡した。

「はじめよう」


太郎八《たろはち》の顔を、目の前に立つ子供がぽかんと見あげている。削《そ》ぎ落《お》とされたようにやせこけた頰がよほど珍しいようだ。

「これ、亀松《かめまつ》、なにしてるの」

あわてて駆け寄った母親が、申しわけございません、と腰を折って抱きあげる。小走りに鳥居を抜けて道に出た途端、追ってきていないかとばかりに振り返った。

そんなに人相悪いかな、と太郎八は内心で苦笑しつつ独りごちた。

「おい、太郎八」

横から呼ばれ、はっとしてそちらを向く。

「なににやにやしてんだ」

脇の木陰から出てきたのは和助《わすけ》だった。いつからそこにいたのか。相変わらず目つきが錐のように鋭い。こういう男たちとつき合い続けてきた以上、あんな目で見られるのも仕方ないな、と太郎八は思った。

「親分がお待ちだ。ついてきな」

顎をしゃくった和助はさっさと背中を向けた。

赤坂今井台《あかさかいまいだい》にある氷川明神《ひかわみょうじん》を出て、道を北に取った。小身の旗本や御家人が多く住まっている武家町を抜けて、赤坂新町五丁目に入った。

和助は振り返ることなく歩を進めているが、右に曲がったり、左へ折れたり、さらには道に迷ったような顔をして不意にきびすを返したりを繰り返した。

やがて和助は鳥居の前に立った。そこは最初にいた氷川明神だった。

「ふむ、つけてる者はいねえようだな」

そうつぶやいた和助は鳥居をくぐってゆく。

本殿の前に進み、ここで待ってな、といい置いて和助は右手の茂みのほうへ姿を消した。

銀杏《いちょう》の大木のそばに一人残された太郎八はふうと息をつき、まわりを見渡した。

暑かった一日の終わりを告げる橙色の日がいくつかの筋となって樹間を抜けて射しこむ

境内に、人はいない。静かなもので、この刻限ならきこえるはずの油蟬の声もない。暑さがやわらいで元気を取り戻した鳥のさえずりが、むしろ境内の静けさを際立たせている。

相変わらず用心深いな、と太郎八は思った。源造《げんぞう》がどこを居どころにしているのか、太郎八は知らない。唯一、和助が源造と配下たちとのつなぎ役になっている。仕事で集まるときは、今日と同じく和助からつなぎが来る。

「待たせたな」

頭上から声がして、見あげる間もなく目の前に影がふわりと立った。

「枝にいたのか」

「ああ。さすがに驚かねえか。このくらいならおめえもやれるからな」

源造はにっと笑った。

「でも、鳥のさえずりが俺だってえのにはさすがに気づかなかったろ」

ずっと見られていたことに、太郎八は背筋が薄ら寒くなった。

源造は笑みをたたえたまま、太郎八を見つめている。

丸い目には人懐こい光が浮かんでいるが、それが見せかけにすぎないことを太郎八は知っている。ひとたび匕首《あいくち》を持てばこの光は跡形もなく消え失せ、豆腐に箸を入れるも同然のたやすさで人を殺す。無駄な肉がどこにもついていない体軀はむささびのような敏捷さを秘め、一丈ばかりの塀なら軽々と乗り越える。商家に押し入る際、一番乗りはいつも源造だ。

源造が笑みを消した。太郎八はごくりと息をのんだ。

「どうだ、例の侍は殺《や》れそうか」

「はい、殺れます」

「手立てはどうする。かなりの手練《てだれ》らしいじゃないか」

太郎八は語った。

「あまりうまい手とも思えんが……」

源造は腕組みをした。

「しかし、おまえのうらみで配下を動かすわけにもいかんしな。だが幼なじみの仇討をとめるわけにもいかんし。仇討は人として必ずやり遂げなければならんことの一つだ」

自らにいいきかせるようにいう。

源造の兄はある日、男に刺し殺された。殺した男を町方は捕縛することができなかったが、源造は一人で二年ものあいだひたすら捜し続け、ついに男を見つけだしたのだ。死骸には重しをつけ、海に沈めたという。

蛇《へび》より執念深いのは確かだが、それにしても、この源造という男、いったいいくつなのか。一緒に働きはじめて八年になるが、いまだに知らない。今さらきけることでもない。おそらくまだ三十そこそこだろう。一年前に病死した源造の父が五十四だったのだから。

「あの、白金村のほうは順調ですか」

太郎八は五つは歳が下の男におそるおそるきいた。

「気になるか」

「もちろんです」

「順調さ。おまえのいう通り、忠兵衛《ちゅうべえ》は白金村に逃げこんだみたいだな。良心の呵責《かしゃく》でもあったのか、自死して土左衛門であがったらしい」

「その土左衛門が忠兵衛さん、いや、忠兵衛でまちがいないんですかい」

「ああ。和助が死骸を見つけた船頭にきいたが、顎のところに大きな傷があったっていうからな。村人どもも同じことをいってるそうだから、まちがいなかろう。この時季だから、もう荼毘《だび》にふされちまって死骸をあらためられんのが、気に入らんところだが」

源造は冷たい笑みを浮かべた。

「今はかまわんが、いいか太郎八、仕あげには必ず来いよ。来なかったらどうなるか、わかっているだろうな」

脅されて、太郎八はがくがくとうなずいた。

九

入口で訪《おとな》いを入れてから歩を進め、左馬助は教場のなかを見た。刻限が八つをまわっていることもあって、すでに子供の姿は一人として見えない。やがて重兵衛が姿をあらわした。

「よく来てくれた」

座敷で向き合って座る。風が頰をなでるように通り抜けてゆく。

「やっぱり市中より緑が多いせいか、風もさわやかだな」

「村の人がいうには、田んぼの水でかなり冷やされるらしい」

左馬助は重兵衛に勧められた茶を喫した。井戸水のように冷たい茶で、すばらしくうまい。

「話はきいている。じきやってくるだろう」

「わざわざ白金村に呼びつけるなんて、あのおっさん、よっぽど重兵衛のことが気に入ってるみたいだな」

「俺もあの人は好きだよ」

「俺もきらいじゃないぞ。なによりわかりやすいところがいい」

重兵衛はおかしそうに笑ったが、すぐに表情を引き締めた。

「つきまとわれてるんだって」

ああ。左馬助はこれまでの経緯《いきさつ》を語った。

「それはまたずいぶんな逆うらみだな。つかまえられぬのか」

「無理だ。すばしこすぎる。あれは堅気じゃないな」

「どんな男だ」

左馬助は特徴を述べた。

「これがまたいやな目つきをしてるんだ」

うなずいた重兵衛が左馬助の湯飲みを見た。

「おかわりは」

左馬助はその言葉に甘えた。

二杯目を飲み干したとき、河上惣三郎がやってきた。

無言で座敷に入ってきて、どかりとあぐらをかく。善吉がそのうしろに静かに正座をした。

「今日は飲んでないようだな」

「当たり前だ」

仏頂面で答える。

「機嫌が悪いな。どうした」

「いいたくない」

「仕事中の酒がばれて、ご隠居にこっぴどく叱られたんですよ」

「善吉、おぬしが告げ口したのか」

「まさか。あっしがいわずともご隠居はお見通しでしてね」

「ちがう」

河上が首を大きく横に振る。

「竹内《たけうち》の馬鹿がいいつけやがったんだ」

「でも、たまには父親に叱られるのもいいものじゃないのか」

「人ごとだと思って。すごく怖いんだぞ」

左馬助は笑ってしまった。河上はべそをかく寸前の幼子のような顔をしている。

「まあ、そんなに落ちこまんでもよかろう」

左馬助は元気づけるようにいった。

「やつのことはわかったのか」

左馬助にきかれて河上は、重兵衛が持ってきた茶を飲んだ。こりゃうまいな、とつぶやく。

「花造の近所の者に話をきいたが、やつに親しい者など一人もいなかった。麻布坂下町《あざぶさかしたちょう》の裏店で箒《ほうき》づくりをしてたんだが、やつを訪ねてきた者など仕事関係の者を入れてもここ何年、なかったそうだ。人とのつき合いがすごく下手だったみたいだな」

花造はもともと侍にあこがれていたという。人づき合いが下手というのも、仲間たちを町人風情が、と見くだしていたからだ。左馬助のいった通り、花造は町道場に通っていた。だが、争闘のきっかけになった鞘当は花造のせいではなく、浪人のほうだった。町人ごときがえらそうに長脇差を差してるのが気に入らなくて、わざとやったようなのだ。

「花造が身を滅ぼすもとになったのが、侍の真似ごとをする町人を見くだしていた浪人だったというのは、なんとも皮肉だよな。やつは死罪に決まったよ」

最後をつぶやくようにいった。

「だから、左馬助、おまえさんにまとわりつく男というのは、もしうらみがあってのこととしたら花造以外の理由だろうぜ」

「ほかに思い当たることはないのか」

重兵衛にきかれ、左馬助は考えこんだ。一つの光景がよみがえってきた。

「なにか思いだした顔だな」

河上が目ざとくきく。

「半月ほど前、やはりここに来てたんだ。その帰りに掏摸《すり》に出会ったんだが」

「なにか取られたのか」

「いや、俺が狙われたわけじゃない。ある商家の主人だ。巾着を掏り取ったのが見えたんで、うしろから近づいて腕をねじりあげてやったんだ」

四《し》ノ橋《はし》の近くだった。麻布田島町《たじまちょう》の自身番に連れていった左馬助は、奥の間にある男が鉄の環につながれ、町役人の一人が町方役人を呼びに出たのを見届けてから、自身番をあとにした。

「その掏摸の名は」

「自身番に連れてゆくときたずねたが、答えなかった。歳の頃は二十代半ばといったところだろう」

「半月ほど前といったな。よし、調べてみよう。その歳ならつかまるのははじめてじゃなかろう。すぐにわかるはずだ」

「四度目なら死罪だったな」

「ああ、三度つかまったら足を洗えばいいのに、それができずにみんな獄門だ」

だから掏摸には三十まで生きられない者がほとんどという。

「左馬助」

重兵衛が呼びかけてきた。

「その掏摸をつかまえたとき、まわりに人はいたのか」

「ああ、かなりな。きっとあのなかにやつの仲間がいたんだろう」

左馬助は、その後四半刻ほどで白金堂を辞し、道を一人歩きはじめた。河上は重兵衛に話があるということで、居残った。

いったいなにを話すのか。仲間はずれにされたようで、おもしろくない。

そういえばこのあたりだったな、と四ノ橋の近くまで来て、左馬助は思った。今日はこの前ほどの人出はないが、それでも鷺森神明宮《さぎもりしんめいぐう》の門前に屋台でも出ているのかかなりの人がたかっている。

あのなかに掏摸がいるのでは、と目を凝らしたが、それらしい者を見つけることはできなかった。

ふと、背後から目を感じた。左馬助は振り返ることなく、鷺森神明宮のほうへ顔を向け続けた。男が近づいてくるのを待つつもりでいる。

男は左馬助のそんな心のうちを読んだか、その場を動こうとしない。

左馬助はじれて、振り向いた。

道を半町ほど戻ったところにあの男がいた。相変わらずやせこけた頬に冷ややかな目をしている。

左馬助は走りだしたいのをこらえ、ゆっくりとした歩調で男のほうへ足を踏みだした。

男は首を振った。その仕草は、まだだ、もう少し待ちな、といっているかのようだ。

それを裏づけるように、左馬助があと五間ほどまで迫ったところで男は体をひるがえした。折からの南風に乗ったかのように、あっという間にその姿は道の向こうに消えていった。

十

伊三次、儀太郎の二人がまたも一両を手に入れたという噂が駆けめぐった直後、村人たちは大挙して宮沢神社に押し寄せたが、結局、誰も幽霊を目にすることはなかった。

それから数日たって騒ぎも一段落した宮沢神社の前に、一組の男女があらわれた。

刻限は八つすぎ。闇は地上にあまねく漆黒《しっこく》の網をかぶせ、大気は縛《いまし》められたように動かない。雲がおおい尽くした空には、月の輝きはおろか星の瞬きすらも見えない。

「おい、本当に今日あたりだと思うのか」

夫の甚助《じんすけ》にきかれ、おさんは夜鷹のように身を寄せた。

「ええ、伊三次さんたちが見たのだって、結局は騒ぎがおさまったあとだったでしょ」

「確かにな。これだけ静かな夜だ、きっと出るような気がしてきたよ」

「女がなにかいうそうだから、きき漏らさないでよ」

「まかしとけ」

それから半刻、辛抱強く待った二人の前に女があらわれた。

「で、で、出た……」

甚助はだらしなくあとずさりしたが、おさんのほうは踏みとどまり、女を見据えるようにした。

女はおさんに目を向けることなく、なにかを語りだした。おさんは女の口元を凝視し続けた。

女は語り終えると、瞳をおさんのほうへ向けた。そのあまりにうらめしげな目に、おさんは腰が抜けそうな恐怖を感じた。腹に力をこめ、かろうじて踏ん張る。

やがて女はふっと姿を消した。

「か、帰ろう」

おさんの背中にしがみついていた甚助がうながす。

緊張が解けておさんは大きく息を吐いた。

「あんた、今の言葉きいた」

「そんな余裕があるわけねえだろう」

甚助はまだ震え声だ。

「もう、なにがまかしとけよ」

「おまえはきいたのか」

「当たり前でしょ、そのためにわざわざ来たんだから」

「なんていったんだ」

おさんはためらいを見せた。

「なんだよ、夫婦なのに隠しごとする気か」

「わかったわよ、教えてやるわよ。でもいい、誰にもしゃべっちゃ駄目よ。すごい儲け話なんだから」

おさんが厳しい口調でいった。

十一

白金堂の座敷で左馬助は重兵衛と向き合っている。また河上惣三郎に呼びだされたのだ。

「あれから二日しかたってないが、本当にあのおっさん、調べてくれたのかな」

「やる気になれば仕事はできる人だ。信頼していいのではないか」

「その通りだろうが、いつやる気になるかがいちばんの問題なんだよな」

左馬助は重兵衛を見つめた。

「頼みごとをされてるんだろ。なにを頼まれたのだ」

重兵衛はわずかに眉をひそめた。

「どうしてそれを。河上さんがしゃべったのか」

「しゃべったというより、口を滑らせたといったほうがいい。だから、中身まではきいてないんだ」

「いや、まあたいしたことじゃないんだ」

重兵衛の口調に、心配をかけたくないという気持ちを感じ、左馬助はむしろ気がかりが深くなった。

「たいしたことじゃないんなら、いえるだろう」

「いや、河上さんの私事だからな、すまぬ」

「おっさんの私事だって。無理難題じゃないだろうな」

「いや、安心してくれ。さっきもいったようにたいしたことではないのだ」

「その割にあのおっさん、よく訪ねてきてるみたいじゃないか」

「町から離れた村だからな、世俗のことも教えに来てくれているんだ」

左馬助は、本音をいわずはぐらかそうとする重兵衛に苛立ちを覚えた。

「本当に俺は必要ないんだな」

重兵衛は少し間を置いた。

「ああ」

左馬助は悲しくなったが、それ以上に重兵衛がつらそうな顔をしているように思え、目をみはって見直した。重兵衛は気づいたように表情をなにげないものにあらためた。

外から声がし、重兵衛が出てゆく前に河上が勝手知ったる我が家という顔で入ってきた。うしろにいつものように善吉がいる。

「どうだった」

左馬助は、目の前にあぐらをかいた同心にきいた。

「左馬助がとらえた掏摸はもう入墨をされて、解き放ちになっていた。だから、とらえられたことをうらみに思って左馬助になにかする必要など、やつにもやつの血縁にもない」

河上は断言した。

「名は伝五郎《でんごろう》、歳は二十七。驚くことに、つかまったのはこれが二度目という凄腕《すごうで》よ。最初につかまったのが仕事を覚えて間もない十五のときだったっていうから、腕をつかまれて伝五郎もまさかと思っただろうな。掏摸仲間は左馬助の名を知りたがったそうだ。決して近くで仕事はするまい、ってな」

「そうか。掏摸の筋も消えたか」

左馬助は鼻の頭をかいた。

「となると、あいつはいったい何者なんだ」

「もう一度よく考えてみるんだな」

「そういわれてもな」

「そのつきまとってる野郎、頬が断崖のように削げてたっていってたな。歳はいくつくらいなんだ」

「そうだな、三十代半ばっていったところじゃないのか」

河上がむずかしい顔をした。まさか、とつぶやいたようにきこえた。いやそんなことはないよな、と打ち消しの言葉が続く。

「なんだ、心当たりでもあるのか」

声をかけると、河上が顔をあげた。

「あるわけなかろう」

「まさか、というのはなんのことだ」

「そんなことといったか」

明らかにとぼけた。

「なにか知っているんだったら、正直に吐いたほうがいいぜ」

「吐くことなどない」

河上はにやりと笑った。

「それにしても左馬助、同心にそんなことをいうなんざ、なかなかいい度胸してるな」

河上を見つめて、左馬助はふん、と鼻を鳴らした。

十二

あくる日の昼前、宮沢神社の境内は五十名を超える村人であふれていた。

誰もが鍬を持ち、期待に満ちあふれた表情をしている。雲一つもない真っ青な空に君臨する太陽から強烈な光が放たれているが、誰もが暑さなど忘れている。

ただ、よその村の者も交じっているようで、見知らぬ顔もかなり目につく。

「ちょっとあんた、なんでしゃべっちゃったのよ」

おさんは夫を責めた。

「いや、しゃべってなんかいないって」

「だったら、どうしてこんなふうになっちゃったのよ」

「わからないよ。昨日だってずっとおまえと一緒だったし、今日起きてからほかの誰とも口をきいてないのは、おまえがいちばんわかってるだろうが」

「いわれてみればそうよねえ」

いぶかしげに境内を見渡す。

「なんでみんな知ってるのかしら」

近所に住む男が目の前を通りすぎる。

「おさんさん、九つちょうどに掘りはじめればよかったんだよな」

「安蔵《やすぞう》さん、なんで知ってるの」

「噂だよ、噂。おさんさんたちもそうだろ」

「えっ、ええ」

おさんは黙りこんだ。

「しかし、どうしてそこまで詳しい噂が流れたんだろうな」

甚助がいう。

「誰か流した人がいるのはまちがいないだろうけど、それ以上のことはわからないわ」

おとといの夜、あの女はこういったのだ。

「境内のどこかに千両箱が埋まっている。あさっての昼九つに掘りはじめれば、きっと見つかるであろう」

おさんは男のように腕組みをした。

「負けるわけにはいかないわ。あんた、お宝は私たちのものよ」

「もちろんだ。でも一つ不思議に思えることがあるんだ」

甚助が首をひねる。

「なぜ今日の九つからじゃないと駄目なのかな」

九つを告げる鐘が鳴りはじめた。村人たちは歓声をあげ、いっせいに境内を掘り返しはじめた。

同じ頃、左馬助は道を早足で歩いていた。汗をだらだらと流しながら目指しているのは麻布本村町にある寺だ。

先ほどまで堀井《ほりい》道場で稽古をしていたのだが、壁際に下がって息を入れたとき、若い門人が寄ってきたのだ。

「これを渡してくれるよう、ことづかったのですが」

差しだされたのは文だった。

「誰から」

「いえ、名乗られませんでした」

なんとなく予感があり、左馬助が風貌を口にすると、門人は深くうなずいた。

「はい、その人でまちがいないものと。頬がひじょうに薄い人でした」

文をひらくと、そこには、成峰寺《せいほうじ》にて待つ、とだけ記されていた。成峰寺、と首を傾げたが、すぐどこの寺か思いだした。四ノ橋の麻布側のたもとに建つ寺だ。

麻布本村町に入った左馬助は御薬園坂《おやくえんざか》をくだり、成峰寺の山門の前に立った。息をととのえ、刀の鯉口を切ってあけ放たれた門をくぐる。

敷きつめられた白砂が、日に焼かれてまぶしい。右手にそびえ立つ欅《けやき》の大木から、大滝が流れ落ちるかの勢いで蟬の声がきこえてくる。

いくつかの灯籠と松や桜の木が立つ境内は無人だ。右手にかなりの歴史を刻んでいるらしい鐘楼《しょうろう》があり、正面には急傾斜の屋根を持つ本堂が建っている。鐘楼の横にちんまりとした庭を突っ切る道が走り、その奥に庫裏《くり》らしい建物が見える。

左馬助は男の姿を捜した。本堂をのぞきこみ、庫裏にも行ってなかの気配を嗅《か》いだ。

しかし男はどこにもいなかった。

だまされたかな、と左馬助は思った。もしそうだとしてなぜこんなことをするのか。油断を誘おうとしているとしか思えない。

背後に人の動きを感じ、左馬助は振り返った。山門を入ってきた男がいる。

左馬助ににらみつけられて、男はすくんだようになった。幼い女の子を連れた若い女が続いて入ってきた。

「どうしたの」

女がきき、左馬助のほうをちらりと見た。小さな笑みを見せて軽く会釈する。

左馬助は瞳から光を消し、会釈を返した。ふうと息を吐き、山門に向かって歩きだす。

母親の手を振り払った女の子が左馬助に向かって駆けてきた。こらおりく、と父親があとを追う。女の子は左馬助の袴《はかま》にすがりつくようにした。

申しわけありません、と男が寄ってきた。左馬助は女の子を抱きあげた。くりっとした瞳を持つ、なかなかかわいい子だ。

ご無礼をいたしました、と腰を深く折る男に左馬助は女の子を手渡した。

目にもとまらぬはやさで、男の右手が懐に伸びてきた。一瞬、刺客《しかく》かと思ったが、手にはなにも握られていなかった。左馬助は女の子を渡しざま、その手をぐっとつかんだ。

いててて。男が悲鳴をあげた。女の子が地面に倒れこむ。

「子供をつかうなんざ、ずいぶんとけちな掏摸だな」

そのときだった。枯葉が地面に落ちるように背後に何者かがおり立った。

これが狙いだったのか、と背筋を戦慄《せんりつ》が駆け抜ける。右手はふさがっている。刀を抜くすべはない。あの男は樹上にいて、この瞬間を息をひそめて待っていたのだ。

左馬助は間に合うかどうかわからないままに男の腕を放し、体をひるがえした。匕首を構えた男が背中を丸くして突っこんできた。

間に合う。そう判断した左馬助は男を抜き打ちにしようとしたが、そのとき視野に女の子の姿が入った。無意識に腕がとまる。

しかし、なぜか男も動きをとめていた。舌打ちするように顔をゆがめると、山門へ向けて走りだした。

正直、殺《や》られたと思った。冷たい汗が雨垂れのように背筋を伝い落ちてゆく。安堵《あんど》の息を吐きだすや、左馬助はすぐさま男を追った。

山門を抜けた男は道に飛びだした。四ノ橋を渡り終えると右に曲がり、新堀川沿いの土手道に入った。

だが、男の走りはこれまでとはくらべものにならないくらいおそい。怪我でもしているのか、よたよたしている。

十三

五十名の男女が境内を掘り返している光景は壮観だった。

誰もが汗みどろになりながら、懸命に鍬を振るっている。一時は狂ったように鳴いていた蟬たちも暑さにげんなりしたのか、今はほとんどが黙りこくっている。

おさんは腰を伸ばし、まわりを眺めまわした。いまだにお宝を見つけた者はいない。

「おさん、本当にあるのかなあ」

甚助が、まだものの四半刻もたっていないのに音をあげた。

「こんなに広い境内、いくら五十人いるっていっても、無理なんじゃないのか」

「泣きごといってないで、はやいとこ掘りなさいよ」

わかったよ、と甚助は鍬を振りあげた。力だけは強く、深く突き刺さった鍬は大量の土を一気にめくりあげる。

おさんも夫にならって鍬をつかい続けた。

やがて、あったぞ、という大声が境内に響き渡った。

本殿の裏のほうだ。みんな、鍬を放り投げてその場に急ぐ。おさんたちもあわててあとを追った。

見つけたのは夫婦者だった。二人とも目を血走らせ、信じられないといった顔で互いを見つめている。

大きな穴のそばに、泥だらけの千両箱が置かれている。それを中心に人々の大きな輪ができた。

「力之助《りきのすけ》さん、はやいところあけてよ」

輪のなかの一人が声をかけると、夫のほうが大きくうなずいた。しゃがみこみ、蓋《ふた》に手をかける。もったいぶるようにゆっくりとひらいた。

どよめきが起きた。ぎっしりとつまった小判が陽射しを跳《は》ね返《かえ》す。

「やったね、力之助さん」

「すごいよ、これは」

皆が口々に賛辞を述べる。だが、その瞳はどれも小判に負けずぎらついている。

「そこまでだ」

背後から鋭い声が発された。

おさんは振り返った。いつの間にか、六名の人相の悪い男が立っていた。いずれも抜き身を手にしている。この暑さのなか、ろくに日に焼けていない生っちろさが見えているが、どことなく地虫のような陰気さを身にまとっているのも六人には共通している。

「ありがとよ、皆の衆」

そのなかで最も目つきが悪い男がうれしそうにいった。

「お宝を目にしたばかりですまんが、そいつはもともと俺たちのものなんだ」

男が顎をしゃくった。それに応じて横にいた男が一人踏みだしてきた。長脇差を振りあげ、村人たちの輪に入ってくる。

「なんだい、あんたら」

力之助がいう。

「ほれ、そいつを置いて散らねえか。とっとと去《い》んねえと叩っ殺すぞ」

ほかの男たちもそれにならい、抜き身を振りかざした。

村人たちは悲鳴をあげて走りだした。

「ほれ、おめえも行けっ。斬られてえのか」

「そ、そんな」

力之助は千両箱を守ろうとしている。

「あんた、はやく。命のほうが大事でしょ」

女房にせかされ、力之助は未練たらたら駆けだした。

境内には六人だけが残された。

「どれ、俺たちも急ごうぜ」

首領の源造がいい、男たちはその場で金をわけた。

「よし、これで忠兵衛が持ち逃げした金は、無事戻ってきたというわけだな」

源造は満足そうに配下にうなずきかけた。

「次の仕事まで休みだ。みんな、存分に骨休めしな」

「そういえば、親分、太郎八の野郎、姿を見せませんでしたね」

「和助よ、気にするこたぁねえ。仇討に一所懸命になってるんだろ。それに、やつがいねえほうが取り分が増えていいじゃねえか」

「ごもっともで」

六人の男たちは笑い合って、鳥居の方向へ急ぎ足で歩きはじめた。

その足がぎくりととまる。

目の前に刺股《さすまた》、突棒《つくぼう》、袖搦《そでがらみ》という長柄の捕具を手にした者がずらりと並んでいた。御用、御用の声がいっせいに浴びせられる。

「なんでこんなところに町方が」

和助が呆然という。

同心が六名に指揮者の与力、配下の中間や小者など優に二十名はいる。そのうちの半数以上が百姓の格好をしている。

「くそ、はめられた」

源造は罠《わな》にかけられたことをさとり、唇を嚙み締めた。

「忠兵衛の野郎、生きてやがるな。太郎八の野郎、うめえことといってこの俺をだましやがった」

唇が切れ、血が流れ出てきた。

「それ、かかれ」

陣笠をかぶった与力の命でさっと捕り方が動き、六人を包みこみはじめた。

長脇差を抜き放った源造が叫ぶ。

「野郎ども、町方なんざ、腰抜けばかりだ。かまうこたぁねえ、皆殺しにしてやれ」

配下たちが長脇差を次々に抜いた。

それだけで捕り方におびえが走った。なんといっても目の前にいるのは、女子供でさえ容赦なく殺してのける冷酷な男どもなのだ。しかも首領は、そんじょそこらの侍ではとても太刀打ちできないのでは、といわれるほどの遣い手だ。

六人の男たちは一塊《ひとかたまり》になって、網の薄いところに突っこんでゆく。

捕り手たちは悲鳴をあげて横に逃れた。十手を振りかざした同心たちもなすすべもなく後退し、網はあっけなく破られた。

男たちは鳥居に向かって駆けはじめた。

槍をしごいた与力が前に立ちはだかったが、それも源造の一撃を受けそこね、肩から血を噴きださせた。

一団となって走った源造たちは、あと五間で鳥居を抜けられるところまで進んだ。

一人の百姓が、源造たちの前にふらりとあらわれた。手にしている長脇差をすっと構える。

源造たちは足をとめた。いや、気圧されたように自然にとまってしまったことに源造は気づいている。

「なんだ、てめえは」

百姓などではない。男から発される気は明らかに遣い手のそれだった。

十四

白金村に入った左馬助は、男との距離が縮まりつつあるのを知った。ときどき振り返っては左馬助がそこにいるのを確かめる男は、道を右に取った。遠くに見えていた神社が徐々に近づいてくる。

神社の鳥居のそばに、捕り手らしい者たちが大勢いるのが目に飛びこんできた。ためらうことなく鳥居をくぐった男は、捕り手たちの壁を突き抜けていった。

境内に入った左馬助も、捕り手たちの前に出た。そこで足をとめ、目をみはった。目の前に百姓の背中がある。刃引きの長脇差を構える姿がなぜか重兵衛に見えたのだ。いや、紛れもなく重兵衛だ。対峙しているのは人相の悪い町人。

この町人も伊達屋敷そばの稲荷でやり合った男と同様、かなりできる。いや、あの男とはくらべものにならない。しかも体に相当のばねを秘めている感じで、いかにも油断ならない雰囲気を身にまとっている。

左馬助は目を転じ、追ってきた男を捜した。どこにひそんだものか、見当たらない。

「左馬助、なぜここに」

横合いから声をかけられた。見ると、河上が立っていた。

左馬助は、あの男が傷を負っている与力らしい者のうしろにいることに気づいた。

「やつを追ってきたんだ」

「やっぱりやつだったのか」

左馬助の目を追った惣三郎がつぶやく。

「やっぱりとは」

「その話はあとにしてくれ」

そういわれて左馬助はあらためて重兵衛に目を向けた。

「どうして重兵衛はあんな真似を。誰なんだ、相手は」

「押しこみの首領だ。俺が重兵衛に助太刀を頼んだんだ」

「じゃあ、頼みごとってこれのことか」

納得した左馬助は、重兵衛が心苦しそうな顔をしたわけも知った。水臭い野郎だ、と思った。

「そうとわかったら、俺も力を貸すか。あのうしろにいる連中は配下だろ。首領と同じで凶悪そうな面《つら》、してやがる」

「頼めるか。重兵衛がおまえさんを巻きこむのをいやがったからいわなかったんだが。やつら、とにかく腕っぷしが強くてな、我らでは歯が立たんのだ」

「なるほど、素直に認めることもたまにはあるんだな」

左馬助は鯉口を切って足を踏みだした。

「左馬助、殺すなよ」

うなずきを返して、重兵衛に肩を並べる。

「左馬助、どうして」

重兵衛が首領に長脇差を向けたままきく。

「おっさんと同じことをいうんだな。さっさと片づけたらどうだ」

「そうはいうが、できるぜ。隙がない」

「だったら俺にやらしてくれ」

「てめえら、なにつべこべいってやがんだ」

首領がすごみ、目を光らせた。

左馬助はすらりと刀を抜き、正眼に構えた。

首領は無言で斬りかかってきた。

思った以上に鋭い斬撃で、刃が顔に向かって急激に伸びてきた。

左馬助は弾きあげた。首領は胴を払ってきた。左馬助はそれも打ち払った。わずかに体勢をのけぞらせた首領が左にまわろうとし、左馬助はそちらに向きを変えかけた。

その瞬間、首領が逆に走った。燕が反転したようなすばやさで目では追いつかず、左馬助は勘だけでそこにいるだろうと思えるところに刀を振りおろした。

がつ、という音がして、見ると、首領が石畳にうつぶせていた。

右肩を押さえた首領はしまったという表情になったが、峰打ちであるのを知るとすぐに顔色を戻し、体を跳ねあがらせた。

瞬時に仰ぎ見る形になる猛烈な跳びだったが、左馬助には余裕があった。首領からはすでに体の切れが失われていた。もし肩を打たれていなかったら、とうに頭上を飛び越えていたはずだ。

左馬助は空中から打ちおろされた刃を撥《は》ねあげ、返す刀を首領の腹に打ちこんだ。首領は矢に射られた鳥のように力なく石畳の上に落ちた。

額を地面につけ、左手で腹を押さえている。それでも長脇差を離そうとしない。

「もはや無駄なのがわかっただろう。あきらめて得物を捨てろ」

首領は顔をあげ、左馬助を見た。憎悪の炎が瞳のなかで燃え盛っている。長脇差を頼りに起きあがり、突っこんでこようとした。

横から影が躍りかかり、十手で首領の首筋を激しく打ち据えた。おっさんか、と左馬助は思ったが、別の同心だった。

首領は石畳に突っ伏した。それきり動かない。

気がつくと、他の五人もうめき声をあげて地面に転がっていた。五人のそばに、息一つ切らさずに立つ重兵衛がいた。

捕り手たちが賊どもに飛びかかり、次々に縄を打ってゆく。起きあがらされた六人は荒々しく引っ立てられる。

その光景を眺めて左馬助は刀をおさめた。

「どういうことか、話してもらえるんだろうな」

重兵衛に近づき、いった。

横に河上がやってきた。

「俺から話す。重兵衛、助かった」

いいえ、といって重兵衛は長脇差を河上に戻した。

「重兵衛、俺たちは友垣だろう」

左馬助は拳《こぶし》で腹を小突いた。

「今回は見逃すが、もし今度同じことをしたら許さぬぞ」

「すまなかった」

「まあ、わかりゃあいいんだ」

左馬助はにっこりと笑った。

「重兵衛、またな」

別れを告げて左馬助は河上とともに鳥居に向かって歩きはじめた。

やがて左馬助は、あの男が鳥居脇に立っているのを見た。その隣に、顎に傷がある男がいた。

人相の悪い二人は、朦朧《もうろう》と力なく歩いてゆく首領を見つめていた。

「てめえ、やっぱり生きてやがったな」

二人の男に気づき、生気を一気に取り戻した首領が顎に傷を持つ男に飛びかかろうとした。中間があわてて縄を引っぱり、同心が十手で首筋を殴りつけた。

首領はがくりとうなだれ、引きずられるように連れていかれた。

真剣な表情で首領を見送った二人組の前に、左馬助は立った。近くで見ると、男の頰はそこだけ刃物で切り取られたようにすら見えた。

「何者だ、おまえ。俺の命がほしかったわけではなさそうだな」

「その通りです」

男は名乗り、深々と頭を下げた。

「太郎八というのか。わけをいえ」

「左馬助、それも含めて俺が話す」

河上は太郎八を見据えた。

「まったく勝手なことしやがって。手立ては考えてあるといったはずだぞ」

「申しわけございません。半月ほど前、鳴瀬さまの腕前を拝見しまして、どうしてもお力を借りたくなりまして。あの掏摸の技をあっさり見破られた上に、とても正義感の強いお方のようでしたので」

それでようやくわかった。

「なるほど、この神社に俺を来させたくてあんな真似を」

太郎八は黙って腰を折った。

「確かに、おまえみたいな男に助太刀を求められたとしても、素直に受けるわけがないよな。その意味でいえば、おまえのやり方は正しかったわけだ」

「左馬助、行こう」

左馬助たちは、長く延びる捕り手たちの行列の最後尾についた。

「あの二人は首領を裏切ったんだな」

「そういうことだ」

重兵衛の腕を知っていれば左馬助を引きずりこむような真似はしなかったのだろうが、自分の命が懸かっているとなれば、必死にならざるを得なかったのだろう。

もっとも、悪い気分ではなかった。あれだけの手練と真剣でやり合い、しかも叩きのめすことができた。腹を打ち据えたあの感触はいまだに手の内に残っている。

「押しこみどもを罠にかけたようだが、ずいぶんと手がこんでるみたいだな」

「もともと忠兵衛という、顎に傷があるあの男が立てた策なんだが」

一年前に前の首領が死んで子の源造が跡を継いだのだが、源造は残虐《ざんぎゃく》この上ない男だった。以前、自分たちは盗賊団だったが、今は完全に押しこみに成り下がってしまった。女子供も虫けらのように殺してのけ、源造などはむしろ殺しを楽しんでいるふうさえある。昔気質の盗賊の忠兵衛はそれが我慢できなかった。こんなけだもの、これ以上生かしちゃおけねえ。

しかし、自分の腕ではどうあがいても返り討ちだ。天稟《てんぴん》に恵まれていた上に源造は元御家人の父親に仕こまれて、剣の腕はまさに遣い手と呼ばれる域にまで達していた。

どうすれば源造を葬れるか。

綿密に策を練った忠兵衛は、ある大仕事で得たばかりの八百両を持ち逃げした。

源造は激怒し、草の根わけても捜しだすよう配下に命じた。

忠兵衛は、白金村で忠兵衛らしい男が土左衛門であがったらしいこと、そして忠兵衛が子供の頃、宮沢神社を遊び場にしていたことを太郎八を通じて源造へ伝えさせた。

ほかの男どもは金さえ入れば殺しをいとわない者ばかりだったが、唯一、太郎八が自分と同様、源造に不満を持っていることを忠兵衛は知っていた。

源造は、どうやら忠兵衛が金を宮沢神社に隠したらしいとさとったが、なにしろ境内が広大なために、配下全員で掘ったとしてもいつ見つかるか知れたものではない。しかも、日のあるうちに掘ることはできないのだ。

それで、太郎八が持ちかけた怪談話を源造は用いることにした。

忠兵衛がこんな策を講じたのは、とにかく源造が用心深いからだ。

ただし、八百両もの大金が掘りだされるというそのときに、ひどく疑い深くもある源造が配下まかせにするとは思えない。きっと自ら姿をあらわすという読みが忠兵衛にはあった。

「その読みは見事に的中したというわけか」

左馬助は、もう木立だけしか見えなくなりつつある神社を振り返った。

「あの二人はどうなる」

「罪には問われん。話はきいたことあるだろう。岡っ引の手下《てか》になるのさ。ああいうやつらは探索にはえらく役立つからな」

「そういうものなのか」

左馬助は河上を見た。

「ところで、幽霊の女を演じたのは」

「源造らしい。あれだけ凶悪そうな面なのに、化粧をしたらかなりの器量に見えたそうだ」

「おっさん、それを誰からきいた」

問いながら左馬助は頭をめぐらせた。

「村人だな。話に出てきた伊三次とかいう男、おっさんに頼まれたんじゃないのか」

「さすがだな。でも伊三次だけじゃない、おさんもだよ。あの二人は度胸のよさで知られてな、幽霊を見に行ってくれるよう頼んだんだ。こころよく引き受けてくれたよ」

「怪我がなくてなによりだったな。伊三次の提灯を駄目にしたのは、矢だったんだろ」

「ああ、それについては俺もほっとしてる。でも、やっぱりすごくいい村だよな。俺も隠居したら住むかな」

「そりゃいいな。いつするんだ」

「なんだ、左馬助。俺がはやくそうしたほうがいいみたいな口ぶりだな」

「俺だけじゃない。江戸の者みんなが望んでいるさ。なあ、善吉」

「鳴瀬さま、あっしに振らないでください」

「善吉、おめえ、なんで、そんなことはありません、っていわねえんだ。まったく、二人ともしょっ引くぞ」

「やれるものならやってみやがれ。といいたいところだが、腹が減ったな。おっさん、松橋屋に寄っていかんか」

「いいな、そうするか」

「旦那、仕事中ですよ」

「大丈夫だって、善吉」

河上が胸を叩く。

「捕り手は三十人からいるんだ、俺たちが欠けたからって誰も気づきゃしねえよ。おめえもあの玉子焼き、食いてえだろ」

善吉は黙りこんだ。

「よし、話は決まりだ。左馬助、もちろんおごってくれるんだろうな」

「まあ、よかろう」

そのとき左馬助は、あの玉子焼きの匂いを確かに嗅いだ。それだけで喉が鳴り、唾《つば》が湧いた。

河上がいった、体が望んでいるという言葉を久しぶりに実感した気がする。

森ぼん
しゃれ

一

季節はずれの盛りのついた猫の声はきこえなくなった。

厚い氷のように雲がびっしりとおおい尽くした空に月はなく、家々は暗みの海にどっぷりとその輪郭を浸している。

ときおり餌をあさる野良犬が小路からふらりと出てくるが、さらに深い闇へといざなうような別の小路へと消えてゆく。

日が没してから二刻以上たち、すっかり気温が落ちて寒さすら感じさせるここ白金台町《しろがねだいまち》の道筋に、人けはまったくない。

家と家のあいだのせまい隙間《すきま》に身をひそめている定八《さだはち》は、手のひらに息を吹きかけ、こすり合わせた。

夜にがっちりと縛《いまし》めをされて動きをとめていたときが少しずつほぐれ、やがてどこか四つを告げる鐘の音が響いてきた。

鐘の余韻が雲に吸いこまれるように消えてゆくと、さほど遠くない場所からまた猫の声がしてきた。

じゃれ合うようなその声が高い一鳴きを最後に途絶えると、代わって右手からがなるような人声がきこえてきた。どうやら鼻歌を歌っている。

心《しん》の臓《ぞう》がきゅんとし、定八は胸を押さえた。

どこぞの店の名が入った小田原《おだわら》提灯《ぢょうちん》を下げた千鳥足の男がゆっくりと近づいてくる。これまでの五夜とほぼ同じ刻限だ。

やつであるのはまず確実だが、万が一ということもある。定八は目を凝らした。闇夜の猫のように、目が光ってしまうのでは、と自ら危ぶんだほどの見つめ方だ。

それは杞憂《きゆう》にすぎず、なにも気づくことなく男はふらふらと前を通りすぎてゆく。まちがいなかった。

提灯に淡く照らされた顔は眉《まゆ》が異様に太く、酔っているにもかかわらず巨大な瞳は仁王のような鋭さを失っていない。がっしりとした顎《あご》に支えられた口は前に突きだし、鬼を連想させるほど歯の粒は大きい。大柄で両肩がこぶのように盛りあがるがっちりとした体軀《たいく》には、まるで鼠《ねずみ》のようなすばしこさが秘められていることを定八は知っている。

左右に揺れながら遠ざかってゆく分厚い背中にじっと目を当てながら、定八は懐から匕首《あいくち》を取りだした。鞘《さや》を地面に置き、闇のどこからか発されるわずかな光を照り返す抜き身に目を落とす。

（殺《や》れるだろうか……）

逡巡《しゅんじゅん》が心に浮かんだが、これまで待ち続けたのはなんのためなのか。やつを目の前にして、引き下がるわけにはいかない。

腹に力を入れ、全身に気合をこめた。

男は相変わらず意味不明の鼻歌を歌って、道を歩いている。

決意を胸に足音もなくその場を離れた定八は、一気に背後に近づいた。

「仁吉《じんきち》っ、思い知れっ」

背中を丸め、匕首を槍のように構えて突っこむ。

どしんと男の背中にぶつかったあと深々と肉を貫く手応えが残るはずだったが、匕首は闇を突き抜けた。投げ捨てられたらしい提灯が路上で燃えはじめている。

はっとして定八は仁吉の姿を求めようとしたが、不意に酒臭さをうしろから感じた。

振り返るいとまを与えられないままに右腕をねじりあげられた。あまりの痛みに匕首が手からこぼれ落ち、地面で軽い音をたてた。

「てめえ、どこのどいつだ」

首に太い腕がかかり、無理やり顔の向きを変えられた。

定八をのぞきこんだ仁吉は妙な表情になった。

「誰だ、てめえは」

定八はなんとか腕を逃れようとしたが、相撲取《すもうと》りのような剛力に身動き一つできない。

「お郁《いく》ちゃんの仇討だ」

叫ぶようにいった。

「おいくだと。誰だそりゃ」

定八はきっと仁吉を見た。

「きさまに手ごめにされて海に身を投げたおなごだ」

「ふん、そりゃ気の毒だが、俺は女を手ごめにしたことなどない。人ちがいだな」

「とぼけるなっ。お郁ちゃんは、きさまだと名指しした文を遺《のこ》してるんだ」

「ああ、そのせいで確かに町方には調べられたさ。だが、俺はこうして堂々と天下の大道を歩いてる。俺がやってないのを町方が認めたからだろうが」

強姦《ごうかん》は、夫を持つ女に対しては死罪、そうでない場合は重追放になる。重追放になれば、関八州《かんはっしゅう》や東海道《とうかいどう》筋はおろか山城《やましろ》、摂津《せっつ》、和泉《いずみ》といった上方《かみがた》にも立ち入りは許されない。

「認めたわけじゃない。下手人だという証拠を見つけられなかっただけだ。きさまがお郁ちゃんを殺したんだ」

「うるせえ野郎だ。そのおいくとかいう女は許嫁《いいなずけ》か」

「幼なじみだ」

「惚《ほ》れていたのか。だがな、もうこの世にいねえそんな女なんかとっとと忘れて、別の女を探すことだな」

「余計なお世話だ。俺にはお郁ちゃんしかいなかったんだっ」

「これだけいっても駄目か」

声が酷薄さを帯びる。

「なら、二度とこんなこと、できんようにしとかんとな」

定八は体をくるりとまわされた。獣《けもの》の凶暴さを宿した瞳が目に飛びこんでくる。

いきなり腹に強烈な一撃を食らった。仁吉が膝《ひざ》を突きあげたのだ。

前のめりに崩れるところを、左の脇腹を蹴られた。右半身から道に倒れたところを仰向けにされ、足で胸を押さえつけられた。

息がつまり、咳《せ》きこんだ。足がどけられると同時に今度は腹を思いきり踏んづけられた。

背中を丸めたところを腰を蹴られ、全身に痺《しび》れが走った定八はうめき声を漏《も》らした。

それから容赦ない蹴りが続けざまにきた。顔や腹、背中に何発食らったかわからない。

五発目くらいまでは猛烈な痛みに襲われたが、その後は感覚がなくなった。

土でかためられたように体が動かなくなったのを定八は感じたが、無心に金槌を振るう大工のように仁吉は足を動かし続けている。肉を打つ鈍い音だけが、遠くできいているかのように耳に入ってくる。

やがて定八は意識を失った。

目が覚めたのは、なにかなまあたたかいものが頰《ほお》に触れたからだ。つぶれたまぶたを引きはがすようにして目をあけると、野良犬が顔の血をぺろぺろなめていた。

定八が力なくあげた手で払いのけると、犬はあとずさり、鼻を鳴らして闇に消えていった。

そばの家の軒下に這《は》いずり寄った定八は、柱を頼りに立ちあがった。息をするたびに激痛が背筋や太ももを走る。

それでも心を励まして、一歩一歩懸命に歩きはじめた。

なんとか住みかまでたどりついたものの、それから半月以上、定八は床を離れることができなかった。

二

湯飲みのあたたかさが心地いい。

縁側に当たる日の光には、夏の猛々《たけだけ》しさや荒々しさに変わって、ややかすんだ感じがあらわれてきている。空は雲一つなく晴れ渡り、その果てしなく広がる青は近づくものすべてを吸いこんでしまうのでは、と思えるほどに澄んでいる。

今日、手習所は休みだ。涼しさを覚えさせる風に乗って、どこからか子供たちの明るい声がきこえてくる。

縁側から見える限りの田には刈り取られたばかりの稲が干され、なんともいえないかぐわしさに満ちている。日本という国に生まれた者の、本能を呼び覚ます匂いだ。

今年は豊作だったときいた。この分なら、じきに迫った長晃寺《ちょうこうじ》の秋祭りは盛大なものになるにちがいない。村人たちにもその思いはあるようで、数日前から会う人会う人、すべてが浮き立っている。

祭りか、と独りごちて重兵衛《じゅうべえ》は故郷に思いを馳せた。故郷の祭りといえば、なんといっても、七年ごとに行われる御柱《おんばしら》の大祭だ。

男たちの木やりの声、うねる人波、雪崩《なだれ》にでも乗ったかのように斜面を一気に滑り落ちる御柱、大波のように轟《とどろ》く人々の歓声や悲鳴。

重兵衛は目をひらき、そっと湯飲みに口をつけた。茶の苦味がじんわりと口中に広がり、それが心に染みだしてきたような気がして、顔をわずかにしかめた。

ときおり、どうしようもない寂寥《せきりょうかん》感に襲われることがある。これだけ明るい空の下にいるのに、締めきった暗い部屋で一人座りこんでいるような感覚。

ここ白金村で生まれ育ったような顔をして日々をすごしているが、実際には、このまま村にいていいものなのか、という気持ちをいまだに拭《ぬぐ》いきれずにいる。つむじ風に巻かれでもしたように不意に姿を消したほうが、という感情が、胸のなかにわだかまりの石となって転がっている。

その思いを振りきるように、重兵衛は顔をあげた。

昼餉《ひるげ》を終えたらしい百姓衆が田に出てきて、働きはじめている。近所同士笑顔で話をかわしているらしい様子が伝わってくる。

ふと、表の道を人が駆けてくる気配を感じ、重兵衛は口のなかで遊ばせていた茶を飲みくだした。

「お師匠さんっ」

血相を変えた吉五郎《きちごろう》が生垣を飛び越えて庭に入ってきた。

「お師匠さん、たいへんだ」

重兵衛は湯飲みを置いた。

「どうした、そんなにあわてて」

肩を上下させて荒い呼吸を繰り返す吉五郎の顔には汗が一杯だ。

「お美代《みよ》がいなくなっちまったんだよ。捜してみたけど、どこにもいないんだ」

またか、と重兵衛は思った。

というのも、つい六日前の休みの日、手習子のお綾《あや》という女の子がいなくなるということがあったばかりなのだ。朝餉を終え、友垣のところへ遊びに行くといって家を出ていったのだが、お綾はその友垣を訪ねてはいなかった。

重兵衛は沓脱《くつぬ》ぎの草履を履いた。

「ここに遊びに来てるなんてことは……ないか」

「いつから姿が見えぬ」

重兵衛は吉五郎の顔をあげさせた。

「昼餉のあと一緒に遊ぼうと思って松之介《まつのすけ》とお美代のうちに行ったんだけど、おばさんに、あら一緒じゃなかったの、っていわれて……それが半刻《はんとき》ばかり前だよ」

「お美代が家を出たのはいつだ」

「お綾ちゃんと同じで、朝を食べてすぐらしいけど」

「お美代とはいつもどこで遊んでいる」

「雷《いかずち》神社のそばとかだけど、そこにはいなかった。おいらたちも、思い浮かぶところは全部捜してみたんだよ」

「お美代が大川《おおかわ》に行ったなんてことは考えられないか」

重兵衛がこうきいたのは、お綾がいなくなった理由が、急に大川が見たくなったから、というものだったからだ。

「お美代の口から、大川のおの字も出たことないよ」

「どこか行きたいといっていた場所はないか」

吉五郎は考えこんだ。

「これといってなかったように思うけど。あったとしても、一人で行くようなこと、ないんじゃないかな」

いやな予感が背筋を通りすぎる。まさか、と思うが否定できない。

「お師匠さん、お美代がかどわかされたと考えているの」

吉五郎が重兵衛の顔色を読んで、いう。

「吉五郎、とにかく心当たりをもう一度当たれ。見つかったら、お美代の家に連れてゆけ。いいな」

わかった。吉五郎は身をひるがえし、駆けだしていった。

吉五郎を追うように重兵衛も新堀川《しんぼりがわ》沿いの道に出た。

景色がいいことで知られる村だけに遊山《ゆさん》の人たちがぶらぶらと歩きまわっている姿が散見できる。

時の鐘がきこえてきた。三つの捨て鐘のあと、八つ撞《つ》かれた。あれは下大崎村《しもおおさきむら》の寿昌《じゅしょう》寺《じ》の鐘だ。寿昌寺は、江戸に十ヶ所ある時の鐘の一つだ。

そういえば、と重兵衛は思いだした。お美代は長晃寺の祭りをずいぶんと楽しみにしていた。

おそらく吉五郎はもう寺は捜しただろうな、と考えつつも重兵衛は足を向けた。

三

「ほら、とっとと起きねえか」

ずかずかと土足でなかにあがった仁吉は病人の背中を蹴った。

「なにするんだよ」

女房が夫をかばおうとする。

「邪魔だ、どきな」

女房の襟元《えりもと》をぐいとつかんで、仁吉は横に放り投げた。

馬に撥《は》ね飛《と》ばされたように転がった女房は、長屋が崩れそうな音とともに壁に体を打ちつけた。

着物から真っ白な二本の足がのぞき、一瞬、仁吉は欲情しかけたが、女房の歳を思いだして、そんな気は一瞬にして失せた。

女房は頭を打ったようで、身動き一つしない。

気絶したらしいな、と仁吉はにやりとしたが、ぱちりと目をひらいた女房は頭をさすっただけで立ちあがり、突進してきた。目じりをつりあげて、まるで鬼の形相だ。

なにか意味不明の言葉を叫んでむしゃぶりつこうとしたが、その前に仁吉は張り手を見舞っていた。

振り返ったように顔がうしろを向いた女房はすとんと尻を落とし、仰向《あおむ》けにばたりと倒れた。目はあいて意識もあるようだが、両手をわずかに動かしているだけでそれ以上のことはできない。

隅で小さくなっていた男の子が、母ちゃん、と声をあげて母親のもとへ飛んでいった。

「おう、いい子じゃねえか。しっかり介抱してやれ」

鼻から太い息を吐いた仁吉は、青い唇を震わせている病人に近づいた。

「ほら、とっととその掻巻《かいまき》をよこしな」

「仁吉さん、後生だ」

病人が足にすがりついてきた。ぜいぜいと苦しそうに息を吐いている。

「借りた金を返さねえ、おめえたちが悪いんだ」

「でも、返すのはいつだっていいって」

「だから一月待ってやったじゃねえか。ほら、さっさと脱ぎな」

仁吉は鳥の皮をはぐように掻巻をむしり取った。薄い着物だけになった病人の前に膝をつく。

「いいか、こりゃあ利子分だからな。これをいただいたからといって、元は一文も減っちゃあいねえんだぜ」

「そんな」

「そんなじゃねえ」

仁吉はぺっとすりきれた畳に唾《つば》を吐いた。

「おめえも、いつまでも病人面して寝てんじゃねえよ。俺から借りた金で、薬買えたんだろ。それに、おめえ、腕のいい左官だっていうじゃねえか。なまけてねえで働きゃ、いくらでも稼げるんじゃねえのか」

ぽんぽんと病人の肩を叩く。

「な、今日からとはいわねえが、明日から精だして働くんだぜ」

搔巻を肩にかけ、仁吉はよっこらしょと立ちあがった。

「五日後にまた来るからよ。それまでに四両一分、用意しときな」

病人はあっけにとられた顔をし、次いでかすれた声をだした。

「四両一分って、借りたのは一分だ」

「寝ぼけたこと、いってんじゃねえよ。利子のことは、おかみさんが借りに来たとき説明したぜ。五日で五割ってな」

「それだったら、一月で三分にしかならないじゃないか。二十五日としても三分二朱だ」

「わかってねえな。利子が利子を生むってことをよ。十日で二分一朱になる計算だ、二十日でもう一両を超えてんだよ」

もう一度唾を吐いてから身をひるがえした仁吉は土間におり、戸をあけようとした。

背中に飛びかかってきた者がいた。

「この野郎、死ね」

仁吉の頭をぽかぽか殴りつけ、太い首を絞めてきた。

「なんだ、この餓鬼《がき》ぁ」

仁吉はぶんと腕をまわして振り払った。男の子は畳に叩きつけられた。

友吉《ともきち》っ。父親が這うようにせがれに近づく。

「おめえ、やっぱり動けんじゃねえか。明日から働くのは大丈夫そうだな。それから餓鬼っ、てめえも親のために働くくらいの孝行をしやがれ」

仁吉はからりと戸をあけ放った。

路地には、一家を心配して長屋の者が集まっていた。蛇《へび》を見るような目で仁吉を見つめている。

「皆さん、お出ましかい。ちょうどいいや。皆さん方からも、はやいとこ借金返すよう、寛助《かんすけ》さんにいってきかせてくださいや」

「あんた、それでも人かい」

一人の女房が進み出て、いった。

「俺はそのつもりでいるけどな」

いい捨てた仁吉は肩を一つ揺らし、木戸のほうに歩きはじめた。

「あんた、いい死に方しないよ」

「そうだよ、きっとまた刺されるよ」

二人の女房が続けざまにいった。仁吉は足をとめ、振り返った。

「いい死に方するやつなんて、おめえらのなかにだっていやしねえだろう」

いかにも裏店然《うらだなぜん》とした長屋に目を走らせ、馬鹿にしたような笑みを見せつける。

「いや、この世にだっているのかな」

仁吉はぎろりと瞳を光らせた。長屋の者たちは息をのみ、一様に腰を引いた。

ずんずんと路地を戻ってきた仁吉は、一人の女房の前に来た。

「あんたがいう通り、確かにまた刺されるかもしれんな。いや、まちがいねえだろう。だがな、俺は死なねえんだよ」

帯をゆるめ、着物をめくった。左の脇腹に二寸ばかりの傷跡がある。

「これは二年前、匕首でやられたやつだ。けっこう深かったが、こうしてぴんぴんしてる。傷はもちろんこれだけじゃねえぜ」

仁吉は口元をゆがめ、凄《すご》みのある笑いを漏らした。

「だがな、俺を殺れたやつは一人としていねえんだ」

四

白金村きっての古刹《こさつ》というだけあって、やや盛りあがった位置に建つ山門は、山城の城門がつとまるくらいの風格と大きさを誇っている。

道から枝わかれする参道はおよそ一町ばかりの長さがあり、秋祭りにはかなりの数の屋台が並ぶそうだ。

ここまでの道すがら、重兵衛はお美代を捜し続けたが、残念ながらその姿が目に飛びこんでくることはなかった。

大きくあけ放たれた山門をくぐって境内に入り、重兵衛は足をとめた。

広々とした境内に人けはない。意図的に植えられているらしい十数本の松の枝を秋風が静かに揺らしているだけだ。

やはりいないか。

もともとたいして期待があったわけではなかったからさしたる落胆はなかったが、重兵衛は少しだけ唇を嚙み締めている。

右手に鐘楼《しょうろう》があり、敷石がまっすぐ延びる正面に本堂、その左手に経堂らしい建物。

経堂の奥に寺宝でもおさめてあるらしい蔵があり、その横に庫裏《くり》が建っている。

ここの住職は子供好きときいている。お美代について、知らないことをなにかきけるかもしれない。

つと誰かの声が耳に届いた気がして、重兵衛は足をとめた。男の声のようだ。

鐘楼のほうから呼ばれたように思い、さほど古さを覚えさせない鐘を見あげつつ、近づいてみた。

ぐるりを一周してみたが、誰もいない。

空耳だったかな、と重兵衛は首をかしげた。百姓衆が呼びかわす声が、風に乗ってきこえただけかもしれない。

ただ、やはり妙な感は残り、重兵衛はもう一度鐘楼全体を眺めた。

この寺の鐘が古くない理由を重兵衛は知っている。以前、吉五郎からきかされたのだが、三十年ほど前、鐘楼から忽然《こつぜん》と鐘が消え失せたというのだ。

吉五郎も生前の祖父からきかされたらしいのだが、結局、その鐘は二度と見つからず、新しいものがつくられたという。それが、いま下がっている鐘なのだろう。

敷石に戻った重兵衛は庫裏に向かって歩きはじめた。

寺男の半助《はんすけ》が右手奥に広がっている墓地の掃除をしている。背筋をぴしっと伸ばし、きびきびと箒《ほうき》を動かしている。

ややあって重兵衛に気づき、箒をそこに置いて小走りにやってきた。

「お師匠さん、こんにちは」

この寺の雰囲気が知れる穏やかな笑みを浮かべているが、すぐに眉を曇らせた。

「もしやお美代ちゃんのことですか。ええ、手前も吉五郎ちゃんからききました」

心配そうに重兵衛を見る。

「お師匠さんがいらしたということは、では、まだ見つかっていないのですか。それは心配ですねえ。……お美代ちゃんが行きそうな場所ですか。きいたことはないですねえ。秋祭りをすごく楽しみにしているのは存じていますが」

「和尚《おしょう》さんはいかがでしょう」

半助は首をひねった。

「さあ、果たして手前以上のことをご存じかどうか。……でも、じかに話をおききになりたいですよね。どうぞ、ご案内します」

重兵衛は寺男のあとをついていった。

枝折戸《しおりど》を抜けた半助は小さな庭をまわりこんで庫裏の縁側の前に立ち、和尚さま、となかに声をかけた。

「半助か。どうした」

穏やかな声が返ってきて、薄く日が当たっている障子があいた。

住職の徳全《とくぜん》が立っている。袈裟《けさ》こそまとっていないが、背筋が伸び、胸をやや張った自然な立ち姿だ。

書見をしていたようで、座敷の文机《ふづくえ》の上の書がひらいたままになっている。

「これはお師匠さん、お久しぶりですな」

やわらかな口調でいって、頭を下げてきた。重兵衛も下げ返した。

半助が事情を説明する。

「お美代ちゃんがいなくなったですと。それはまた気がかりな」

規則正しい暮らしを反映してか、徳全は血色のいい桃色の肌をしている。頭のてっぺんのほうは磨いたように光っているが、鬢《びん》のあたりは白髪が少し伸び加減だ。蜆《しじみ》のような形をした目はやや垂れて常に柔和《にゅうわ》な笑みをたたえているが、しかし今は眉間《みけん》にくっきりと深いしわを寄せている。

父親もたいそう徳の高い僧だったらしく、徳全はその衣鉢《いはつ》を継いでいるといわれている。

「そこではなんですから、なかへどうぞ」

そう重兵衛をいざなったが、徳全はすぐに気づいた。

「草履を脱《ぬ》ぐときすらも惜しそうですな。ふむ、しかし、お美代ちゃんがどこへ行ったのか、拙僧は存じません。行きたいところをきいたこともございません。申しわけございません」

「そんな謝られるようなことでは」

「はきはきとしたしゃべりをするとても元気のいい女の子だが……」

徳全は考えこんでいる。

「あの子が誰か知らない人についてゆくようなことはないと思うのですが。でも、力ずくでかどわかされたというのも考えられないことではないですな」

「はい」

重兵衛は言葉少なに答えた。

「どうやらそのことを最も案じておられるようだが……お美代ちゃんの友垣には話を」

「吉五郎からはききました」

「女の友垣にはいかがですか」

そうか、と重兵衛は思った。吉五郎や松之介は確かに親しい友垣だが、本当に話したいことは女の子同士だろう。

五

「五十之助《いそのすけ》さんよ、ここだ」

声をかけられた男はぎょっとして振り返った。

仁吉は、本殿の陰からふらりと姿をあらわした。

「ああ、そちらでしたか。それにしても、もう一月たったんですね」

仁吉は五十之助に歩み寄った。

「そういうこった。光陰矢《こういんや》のごとしだよな」

仁吉は手のひらを差しだした。

「今月分をいただこうか」

はあ、と五十之助はため息をつき、広々とした境内を見渡した。二人がいるのは、麻布《あざぶ》今井台《いまいだい》にある氷川《ひかわ》明神である。

五十之助は仁吉に目を戻した。

「三両でしたよね」

「わざわざ確かめることじゃねえだろ。もう一年になるんだから」

巾着《きんちゃく》から小判を取りだした五十之助は驚いて、手をとめた。

「じゃあ、これでもう三十六両ですか」

「そんなに不思議そうにいうもんじゃねえ。あんたがわかってねえはずねえだろうが」

五十之助は黙りこんだ。

「三十六両っていったって、ずいぶんと安いもんじゃねえか。そのおかげであんたは生きていられるし、老舗《しにせ》の菓子屋の旦那としてのうのうと暮らしていられるんだからな」

「その通りですが、でも、もうあの女とは手を切りましたし、そろそろ勘弁してもらっても……」

「なんだあ」

仁吉は声を荒らげた。

「それは向こうさまに教えていいってことかい。それならそれで俺はいいんだぜ」

「いえ、わかりました」

五十之助はあわてていった。

「これからも払わせてもらいます」

「それが賢明だな」

仁吉は手にした三両を懐にしまいこんだ。

「しかしあんたも思いきったことしたよな、やくざ者の女に手をだすなんざ。しかも相手が悪すぎらあ。百二十人の子分を束ねる大親分だ。もし女を寝取られたことが子分どもに知れたら、面目は丸潰れだな。あんた、簀巻《すま》きにされて海へぽいだ」

五十之助は額の汗を拭った。

「いや、まさかそんな女だったとは……」

「芝居小屋を出たとき声をかけられたんだよな。よくあるらしいぜ、自分の男とまるでちがう優男《やさおとこ》に手ぇだしたくなるときがよ。でも、今度は俺なんかに見られんよう、出合茶屋から出てくるときはもっと注意するんだな。じゃあ、また来月だ」

さっさと歩きだした仁吉は鳥居を抜けた。

次に向かったのは、麻布桜田町《さくらだちょう》にある兼妙寺《けんみょうじ》だ。

小ぢんまりとした本堂に鐘楼、それに庫裏しかない寺だが、本堂の左手に広がる庭がそれなりにいいことで知られている。

今日も庭を見に来た町人が二組ばかりいた。

それを横目に、本堂の右側の日陰にいかにも老舗の番頭然とした男が所在なげに立っている。風呂敷に包まれた細長い物を抱えていた。

仁吉は歩み寄り、よっ、と声をかけた。男は不快そうにそっぽを向いた。

「ずいぶん機嫌が悪そうだな、八左衛門《はちざえもん》さんよ」

「おまえさんの顔を見て、機嫌がよくなる者がいたら見てみたいものですよ」

「じゃあ、さっさとすませるか」

八左衛門と呼ばれた男は風呂敷包みを手渡し、それから紙包みを汚いものでもつまむようにして仁吉の手のひらに落とした。

風呂敷包みを腕に抱いた仁吉は紙包みの中身をあらためた。

「確かに一両。毎月毎月すまねえな」

「そう思うんだったら、もう終わりにしてもらいたいもんだね」

「いいじゃねえか。俺が黙っているおかげで、掏《す》られたことになってる十二両が実は博打《ばくち》に入れあげて、っていうのが――」

「しっ、声が高いよ」

八左衛門は憎々しげに仁吉を見つめた。

「わかった、わかりましたよ。払い続けりゃいいんでしょう」

「こっちだってけっこう気ぃ、つかってんだぜ。いくら大身代の酒屋の番頭さんっていっても、そうそう大金が自由になるもんじゃないのはわかってるんだ。毎月一両っていうのは良心をはたらかしているからだぜ」

「おまえさんに良心があるとは思わなかったですよ」

「へっ、いってくれるな」

仁吉はおもしろそうに八左衛門の顔を眺めた。

「ところで、あんた、なんで博打にはまったんだったかな」

「そんなこと、今さらいうようなことでもないでしょうが」

「もう一度きかせてもらいてえんだ」

八左衛門はおもしろくなさそうな顔をしたが、すぐに低い声で語りだした。

「取引先から集金してきた五両を掏られたのか落としたのかわからないが、なくして途方に暮れていたとき」

通りかかった、ある取引先の手代が声をかけてきた。ずいぶん暗い顔してらっしゃいますね。その真摯《しんし》な態度に、八左衛門はつい事情を話してしまった。

それならいい方法がありますよ。手代は胸を叩くようにして請け合った。

「それで連れていかれたのが賭場《とば》でした。手代さんに借りた一分で勝負をしたら、ほんの四半刻でそれが五両になって」

「そうだったな。それですっかり博打にはまって……。その手代さんは今どうしてる」

「この春に、大坂《おおさか》の本店に帰っていきましたよ」

八左衛門は唇を噛み締め、渋い顔をした。

「あの人が博打なんて教えなきゃ、こんなことにはならなかったのに……」

仁吉は嘲笑《ちょうしょう》を頬に浮かべた。それを見て八左衛門が顔をゆがめる。

「ああ、その通りですよ。自業自得ですよ。そんなことはわかってるんだ。じゃあ、また来月」

吐き捨てるように口にして、境内を出ていった。

八左衛門を見送った仁吉は兼妙寺を出、右に道を取った。

やってきたのは、麻布竜土《りゅうど》六本木町《ろっぽんぎちょう》にある信頂寺《しんちょうじ》である。

本堂の前に人待ち顔の侍がいる。

「平井《ひらい》さん、待たせたな」

仁吉は近づき、声をかけた。

「いや、別に待ったということはない」

平井がややうわずった声で答えた。

「そりゃよかった。じゃあ、さっそくいただこうか」

平井が渡した紙包みのなかをあらため、五両入っているのを仁吉は確認した。

「仁吉どの」

いきなり平井が頭を垂れた。

「これを最後にしてもらえんか。頼む。もう限界だ」

今日はこんなことばかりきかされるな。仁吉は口のなかでつぶやいた。

「平井さん、そりゃ無理だな。お上に訴えてもいいっていうんなら、かまわんが」

「いや、それは困るが、でもあれから五ヶ月もたったし、もう十分ではないのか」

「今さらそんなことというんだったら、商人が落とした金を懐にしまうなんてこと、しなきゃよかったんだ。ちがうか、平井さん」

「その通りだ。返す言葉もないが、本当にもう限界なんだ」

「二千石の旗本の用人だろ。月に五両くらい右から左に動かせるだろうが」

「いや、わしが自由にできる金なんかほとんどないのだ。今は我が家だけでなくどの家も内情はひじょうに厳しくてな。これまでの金は、わしが懸命に貯めてきたものなんだ」

「でも平井さん、あんたは生きていられるだけましなんだよ。あの商人、自ら命を絶ったんだぜ」

平井は目をみはった。

「まことか」

「ああ、つい半月ほど前のことだ。俺は通夜に行ってきたよ。女房、子供が遺骸にすがりついてわんわん泣いてな。見ちゃいられなかったぜ。あの十両は大事な仕入先に支払う金だったらしいが、あんたのせいで金がまわらなくなり、店が立ち行かなくなって……」

「わかった、もういい」

平井は耳をふさぎたそうな顔つきだ。

「もう帰っていいか」

「どうぞ、どうぞ」

平井は悄然《しょうぜん》と山門を出ていった。鬢の白髪が力なく風に揺れている。

それが老侍のみじめさを増していたが、仁吉に憐れみの気持ちが湧《わ》くことなど微塵《みじん》もなかった。

六

「そうねえ、お美代ちゃんが行きたいなんていった場所、あったかしら」

お常《つね》は首をひねった。

「でも前、浅草寺《せんそうじ》に行きたいっていってなかったっけ」

お香奈《かな》が思いついたようにいう。

「いつのことだ」

重兵衛はすかさずきいた。

「いつだったかしら。この夏だったように思うけど」

「行きたがった理由は」

「お師匠さん、お美代ちゃんのおじいちゃん、知ってる」

きかれて重兵衛は顔を思い浮かべた。

「ああ、彦作《ひこさく》さんだな」

「そう、あのおじいちゃん、心の臓が悪いらしいの」

「えっ、そうなのか」

知らなかった。野良仕事をしている姿をときおり見かけるが、そんな病を患《わずら》っているとは思えない働きぶりだ。若い頃はさぞかしがっちりしていたのだろうな、と思わせる体つきをしているし、顔色が悪いようにも見えない。挨拶をかわす声にも張りがある。

ただし、と重兵衛は思いだした。どこか陰がある感は否めない。祭りに浮き立つ村人のなかで、一人冷たい雨に打たれているような悄然とした顔をしているのを一度見たことがある。あの沈んだ表情は、病からきたものなのだろうか。

「お美代は、彦作さんのことを心配して浅草寺に行きたがったのか」

重兵衛はお香奈にたずねた。

「ええ、治るよう願掛《がんか》けに行きたいって。浅草寺は江戸でいちばんのところでしょ。ということは、日本でいちばんご利益《りやく》があるんじゃないかって……」

「でもさ、浅草寺に行くんだったら、私たちも誘うはずよね」

お常がいい、お香奈が同意した。

「そうよね。一人より大勢で行ったほうがご利益も大きいはずっていってたものね」

行ってみるか、と重兵衛は思った。無駄足になるかもしれないが、行かないことの悔いのほうがまちがいなく大きい。

「お師匠さん、行く気なの」

お常がきく。

「でも、もうお美代ちゃんのおっかさんが行ったようにきいたけど」

「そうなのか」

それなら浅草寺は母親にまかせておけばいい。頬に浮かんだ汗を重兵衛は手の甲で拭った。

「ほかに行きそうなところに心当たりは」

二人ともそろって首を振った。

重兵衛は問いの方向をやや変えた。

「ここ最近、お美代に変わった様子はなかったか」

「お師匠さんはどうなの、気がつかなかったの」

お常に問い返された。

重兵衛は、ここ数日のお美代の様子を思い起こした。

「いや、いつもの元気のいいお美代だったようにしか思えないんだが」

「ええ、そうなの。私には少し落ちこんでいるように思えたけど」

「落ちこんでいたのか。どうしてだ」

「さあ」

重兵衛はお香奈に目を向けた。お香奈は首を振った。

「私もわからないわ」

手習子の変化も見抜けぬようでは、と重兵衛は思った。手習師匠として失格もいいところだ。

「最近村で、特にお美代のまわりで、怪しい人影を見かけるようなことはなかったか」

「お師匠さん、お美代ちゃんがかどわかされたと思ってるの」

お香奈が驚いてたずねる。

「すまん、不用意なことをきいた。今のは忘れてくれ」

お香奈は大丈夫というように深く首をうなずかせた。

「お美代ちゃん、器量よしだし、遊山で村に来る人みんながいい人でないのはわかっているけど、お美代ちゃんがかどわかされるようなへまをするなんて、考えられないわ」

「そうよ、ありえないわ」

「今の質問の答えなんだけど、お美代ちゃんのまわりで変な人を見かけたなんてことは、これまで一度もなかったわ」

「私もよ、お師匠さん」

二人のこの言葉は重兵衛を元気づけた。

「ところで、おわかはどうした」

お美代と最も仲がいい一人である。

「今日はうちの手伝いをしてるわ」

重兵衛は、当分のあいだ決して一人にならないよう注意してから、二人と別れた。

その足でおわかの家へ向かう。

途中、家主の娘であるおそのと出会った。顔だけでなく、首筋や腕にも汗を一杯にかいている。

「重兵衛さん、お美代ちゃんはまだなの」

心配げな眼差《まなざ》しで問いかけてくる。

「うん、まだだ。おそのちゃんも捜してくれているのかい」

「もちろんです」

おそのは力強くいった。

「お美代ちゃんは妹みたいなものですから」

その通りで、二人は本物の姉妹以上に仲がいい。おそのはなにより気性が素直でやさしく、富裕な百姓家の娘なのにえらぶるところがまるでない。お美代がなついているのは不思議でもなんでもない。

「心当たりは」

「お美代ちゃんが行きそうなところは残らず当たってみたんですが」

残念そうにいう。

「うさ吉《きち》も一所懸命に捜していますけど、どうでしょうか」

「あの犬は賢いからな、本当に捜し当ててくれるかもしれない」

重兵衛は誇張でなく、いった。その気持ちはおそのにも伝わったようで、小さく笑みを見せてくれた。

「汗一杯だな。喉《のど》が渇いただろう」

重兵衛は腰の竹筒を渡した。

「飲むといい」

うれしそうに手にしたおそのは、竹筒を遠慮がちに傾けた。

こんなときだが、喉のあたりの色の白さに重兵衛は目を奪われた。

「ありがとうございました」

おそのから竹筒を受け取った重兵衛は、見てはいけないものを見たような気分になり、やや狼狽《ろうばい》気味に竹筒に口をつけた。

あっ。それを見て、おそのが口のなかで声をあげた。

重兵衛はおそのの声に気づかない顔をしたが、このことで二人の距離が一気に縮まったような気がした。

七

「しかし人なんてのは、どいつもこいつもとろいよな」

茶碗に満たした酒をぐいとあおる。

仁吉は白金台町の家に戻り、障子をあけ放って、暮れゆく空を眺めている。壁に背中を預け、片足を畳に投げだしていた。

「どいつもこいつも、はめられたことに気がつきゃしねえんだから」

誰かに語りかける口調だが、仁吉は一人でこの一軒家で暮らしている。女を置いたこともあるが、いつく者は一人としておらず、これまで半月もった者が最長だ。

「世の中、まったく馬鹿だらけだぜ」

仁吉は茶碗に酒を満たし、わずかにさざなみ立つ酒を見つめた。

老舗の菓子屋の入り婿である五十之助は、知り合いの女を金で雇って誘惑させたにすぎない。むろん、女の正体はやくざ者の情婦などではなく、ただの夜鷹《よたか》だ。ただし、顔なじみのなかでは最も上玉を選んだ。

女好きだが、女房に頭のあがらない気弱な優男。脅《おど》す相手としては格好だ。

酒問屋の番頭の八左衛門を博打にひきずりこんだのも、仁吉が仕組んだことだ。

八左衛門が集金した金を知り合いの掏摸《すり》に掏らせ、博打で借金をつくっていた手代に賭場に誘わせたのだ。その手代を雇うことができたのは、仁吉が借金を肩代わりしてやったからだ。

八左衛門を選んだのは、気に入りの酒を扱っている酒屋の番頭だったから。その酒は、味がいいだけあってさすがに安くはない。どうすればただで飲めるか、それに知恵をしぼった結果だった。

今、飲んでいる酒は八左衛門に手渡された風呂敷包みの中身だ。

二千石の旗本の用人である平井をはめたのも、商人然とした男に十両入りの財布を平井の眼前で落とさせただけのことだ。

平井が財布を返したらあきらめる気でいたが、目論見通り、猫ばばしてくれた。

平井が金に汚いこと、そして小金を貯めていることを仁吉は、平井の主家の旗本家に渡《わた》り中間《ちゅうげん》として仕えていたことがある男から賭場できいたのだ。

財布を落とした商人をよそおった男はもちろん死んでなんかいない。今もぴんぴんして、賭場で働いている。もともと商家に奉公の経験を持つ男で、商人になりきるのになんの不自然さもなかった。

酒を干した仁吉は大徳利《おおどっくり》を傾けた。

だが、空だった。舌打ちし、大徳利を放り投げた。壁にぶつかったが、大徳利は割れることなく畳の上を転がった。

「酒買ってこい」

不意に声がきこえた。仁吉ははっとしてまわりを見渡し、誰もいないことを確かめて、ほう、と大きく息をついた。

親子だな、と茶碗に残った酒をなめて、独りごちた。片足を投げだした姿勢で酒を飲むのは死んだ父親とそっくり同じだ。

父親は大の酒好きだった。酒がなくなるたび仁吉に、買ってこい、と命じた。お金は、と仁吉がおそるおそるきくと、付けに決まってるだろうが、と怒鳴られた。

あわてて大徳利を持って長屋を飛びだし、酒屋に駆けこんだが、付けはたまる一方なので酒屋はいい顔をしなかった。

手ぶらで帰ればこっぴどく殴られる。だから仁吉も懸命だった。拝み倒すようにして大徳利を一杯にしてもらったものだ。

重い大徳利を手に長屋に帰れば帰ったで、家に戻ってきた母親に、なんで酒買ってくるんだい、と声高く叱りつけられた。こんな穀潰《ごくつぶ》しに飲ませることないんだよ。

それではじまるのは、お定まりの夫婦喧嘩だった。

誰が穀潰しだ、このあま。穀潰しじゃあほめすぎだね、働きもしないで酒ばっかり食らって。しょうがねえだろ、怪我しちまったんだから。もうとっくに治ってるじゃないか、なまけ癖つけちまって情けないったらありゃしない。やかましいや、この提重《さげじゅう》が。

このあと急に仲よくなってまぐあうこともあったが、結局、父親は仁吉の目の前で母親に刺し殺された。

提重の意味は、母親が獄門になってから知った。菓子の類の入った重箱を提げ、寺社や武家屋敷に売り歩く形をとって春をひさぐ女を指す言葉だった。

八

おわかは畑で仕事をしていた。重兵衛が声をかけると、あっという顔をした。

「これはお師匠さん、いつもお世話になっています」

一緒にいるおわかの父親がいい、母親も笑顔で頭を下げてきた。

足取り重くおわかは道にあがってきた。

「お美代ちゃんのことよね」

「そうだ。どこへ行ったか、心当たりはないか」

「そうねえ」

顎に人さし指を当て、考えこんでいる。

お美代と気が合うだけあって利発だが、お美代ほど気が強くはない。むしろおとなしい。

お美代の出っぱっているところがおわかはひっこんで、二人はうまく合わさっている感じだ。黒目が澄んで鼻が高く、物腰はしとやかで男の子にも人気があるが、男の子と遊んだり仲よくしているところを重兵衛は見たことがない。

「ごめんなさい、お師匠さん、私にはわからないわ」

伏し目がちにいう。

「そうか」

重兵衛は、だいぶ傾いてきた太陽を見た。

明るさは弱々しいものになって、光を放つというより、こぼれ落としているといった感じだ。時刻は七つ半すぎといったところだろうか。

日暮れが迫り、このまま暗くなってしまったら、と重兵衛の胸は心配で痛いほどだ。

「でも、そんなに気に病むことないと思うわ、お師匠さん」

不意におわかがいった。

感じるものがあって重兵衛はじっと見た。

「なにか知っているのか」

「ううん」

あわてて首を振る。

　重兵衛はおわかから目をはずした。考えてみれば、お美代のいちばんの仲よしなのに捜索に加わらず、こうしていつも通り両親の手伝いをしているというのはなにかおかしい気がする。

　どういうことだろう。

　重兵衛は自問したが、答えが出るはずもなかった。しかし、おわかがお美代の行方知れずに関し、なにか知っているのはまちがいないように思える。

「おわか、なにか知っているんだったら正直に話してくれ。みんな心配してるんだ。お美代の両親も懸命に捜している。きっと胸が張り裂けそうだろう。頼む、知っていることがあれば話してくれ」

　おわかは悲しそうに下を向いていたが、すっと顔をあげた。

「ごめんなさい、お師匠さん、約束なの。いえないわ」

「約束だって」

「お師匠さん、あと四半刻待ってくれれば必ずお美代ちゃんは見つかるわ」

「なぜ四半刻とわかる」

「そういう約束だから」

「どこで見つかるんだ」

「雷神社のほうよ」

「あと四半刻待てば、お美代は本当に雷神社のあたりで見つかるんだな」

「ええ」

おわかの言葉に偽りは感じられない。安堵《あんど》が汗となって胸のあたりを流れ落ちてゆく。

「お美代がいなくなったのは、自分の意志なんだな。誰かにかどわかされたわけじゃないんだな」

重兵衛は念を押した。

「ええ、そうよ」

「お美代はどうしてそんなことを」

おわかは一瞬、口をひらこうとしたが、すぐに思い直したように唇を嚙み締めた。

「ごめんなさい、お師匠さん」

頭をぺこりと下げるや、一目散に畑に駆けおりていった。

どういうことだ。

母親の陰に隠れるように野良仕事をはじめたおわかから目をはずして、重兵衛は考えた。わけがわからなかったが、両肩のあたりでしこってた重みが取り払われたような気分になっている。実際、板を貼りつけたように張っていた背中からもこわばりが取れつつある。

重兵衛はおわかの両親に挨拶をしてから、雷神社へ足を向けた。

九

殺気を感じたのは、家まであと二町というところだった。

飲みに行った帰りで仁吉は酔っているが、頭は冴えている。最近は、飲めば飲むほど勘が研《と》ぎ澄《す》まされるような気がする。

場所は、この前、匕首で突っこんできた若い男を半殺しにしたあたりだ。狙いやすいのか、襲われるときはどうもこのあたりが多い。だから、仁吉は家の周辺では警戒をおこたることは決してない。

しかし、これまでとは殺気の質がちがう。切れ味があるとでもいえばいいのか。

玄人《くろうと》かな、と仁吉はさとった。冷や汗が背筋を伝い落ちてゆくが、さほどの恐怖はない。たとえ玄人だろうと、気づいてさえいれば対処のしようはある。

いつかかってくるのか、と仁吉が素知らぬ顔で鼻歌を歌っているうち、うしろにまわっていった殺気が不意に消えた。

仁吉は油断しなかった。

今まで考えていなかった右手から風が湧き起こり、一気に近づいてきた。闇にきらめいたのは刀で、仁吉は相手が侍であるのを知った。一瞬、用人の平井か、という思いが頭に浮かんだが、あの老侍の腕がたいしたものではないのは、脅しにかかる前の下調べでわかっている。

袈裟に振りおろされた斬撃《ざんげき》は強烈で、避けられるかわからなかったが、体内に棲《す》む獣が仁吉の姿勢を思いきり低くさせた。

刀身は頭のてっぺんと右の肩先をかすめていった。強風に打たれたように右耳がつまり、音がきこえなくなった。

伸びあがるように背筋を伸ばした仁吉は、刀を引いて体勢を立て直そうとしている侍の脇腹に飛びこんでいった。

まわしをつかんだ相撲取りのように相手に体を密着させ、右手に力をこめて投げを打った。踏んばろうとした侍だったが、仁吉がさらに力をこめると足が浮き、あっ、という声を発して背中から地面に落ちた。

仁吉は刀を振るえないようにそのまま上体を預け、馬乗りになった。刀を握る右手を左手で押さえつけ、顔に拳《こぶし》を見舞った。三発目で侍はあっけなく気絶した。

そのときようやく耳に音が返ってきた。

むしるようにして刀を奪い、放り投げた。腰の脇差を鞘ごと取り、抜き身を手にした。

仁吉はあらためて侍を見おろした。

浪人だ。身なりは貧しく、ろくに食べていないかのように胸元から見える胸板は薄い。頬はこけ、目はくぼみ、唇はかさかさで、顔全体に生気がない。

強烈な斬撃がどこから生まれたのか疑いたくなるが、あるいはあの一撃にすべてを賭けていたのかもしれない。

仁吉は容赦のないびんたを一発食らわせた。

「おい、起きやがれ」

浪人はうっすらと目をひらいた。夜空に浮かびあがる仁吉の顔を間近にして、おびえた表情になった。

「誰に頼まれた。吐きやがれ」

浪人は口を引き結んだ。

「いわねえなら、目の玉えぐるぞ」

躊躇《ちゅうちょ》なく脇差を瞳に近づける。浪人はあわてて目を閉じたが、仁吉はかまわず切っ先をまぶたに触れさせた。

「わかった。いう。いうからやめてくれ」

脇差から逃れようと首を左に向けた浪人は懇願した。

「名は知らんのだ。教えられなかった。でも商人だ」

「人相は」

浪人が思いだせる限りを語った。

眉が薄く、目は糸のように細い。団子鼻で、口は小さい。右の眉尻に大きなほくろ。

「歳は」

浪人は答えた。

「おい、本当に五十を超えていたのか」

「まちがいない」

心当たりはなかった。仁吉をこの世から抹殺したい誰かが人を介してこの浪人に頼んだということか。

おそらくそうなのだろう。誰が狙おうと、仁吉には関係なかった。命を狙われるなど、もう慣れっこになっている。こんな単純な手で殺れるとまだ思っているところが、ちゃんちゃらおかしい。

「いくらもらったんだ」

浪人は答えない。

「いわなきゃ目の玉だぞ」

「五両だ」

「今、持っているのか」

「ない」

次になにをきかれるか侍は身構えるような目をした。

「どこにある」

「……家だ」

立て、と仁吉は命じた。

「その五両、俺によこせ。それで勘弁してやる」

立ちあがった浪人は不服そうにしたが、仁吉がにらむと、わかった、といった。

浪人の長屋は飯倉永坂町《いいぐらながさかちょう》にあった。

四畳半一間きりの裏店。病らしい妻が寝ていた。青白い顔をしているが、もともと色白らしく、肌が透き通るようだ。浪人の妻女にしてはかなり若い。

仁吉が土間に立つと、病軀《びょうく》をおして起きあがろうとした。浪人が制した。

「寝ていなさい」

「薬代に窮したのか」

仁吉は妻女から目を離さずにいった。

それには答えず、浪人は奥の小さな鏡台の引出しから紙包みを取りだし、仁吉に渡した。

「さあ、帰ってくれ」

「そうはいかん」

すばやく動いた仁吉は浪人に当身《あてみ》を食らわせ、首筋に手刀を浴びせた。浪人がぐったりとなったところを横たえ、妻女に近づいた。

妻女は身を引き、壁際に下がろうとした。

おびえた顔がそそる。武家の女というのを、これまで味わったことはない。

夫を持つ妻を犯せば死罪だが、浪人にも金で雇われて襲ったという弱みがある。それに、浪人とはいえ武家の妻が手ごめにされたことを番所に訴えるはずがなかった。

仁吉は妻女が声をあげられないように横面を張り、一瞬で気絶させた。

十

道を急ぎながら、お綾が見つかったときを重兵衛は思いだしている。あのときは本当にうれしかった。

結局、お綾は夕闇に村が色濃く包まれはじめた頃になって、沈みかけた真っ赤な夕日を正面に浴びて、一人とぼとぼと道を歩いているところを見つかった。

道を歩いてくるお綾の姿を最初に目にしたのは重兵衛だった。駆け寄り、両肩をがっちりとつかんだ。

「どこへ行っていたんだ」

きつい調子でただすと、お綾はびっくりした顔で重兵衛を見たが、やがてわけを話した。

その理由をきいて重兵衛は力が抜ける思いがしたが、声を励ましていった。

「黙っていなくなって、みんなが心配しないと思っていたのか」

「ごめんなさい」

お綾は心からすまなそうにいった。まさかこんな大事《おおごと》になっているとは思っていなかった顔。

一緒に捜していた吉五郎や松之介、お美代たちも駆け寄ってきた。

「ごめんなさい、もうしないから、お師匠さん、許して」

消え入りそうな声で謝った。

「なんにしろ無事でよかったよ」

そういって重兵衛はお綾をかたく抱き締めた。

十一

やっと見つけたぜ、と仁吉は思った。

人形を背負って一人で遊んでいる。子守でもしているつもりなのか。

仁吉はほくそえみ、あたりを見まわした。

人っ子一人いない。暮れかけた日は、雷神社の林の向こう側にその姿を消そうとしている。そのために、女の子がいる場所は暗がりになりつつあった。

なぜこんな刻限に幼い娘が一人でいるのかわからないが、仁吉にとって僥倖《ぎょうこう》以外のなにものでもない。

この前の浪人の妻女は飛びきりだった。もう一度と思って、昨日行ってみたのだが、長屋は空だった。

とにかく、体についた火をそのままにはしておけない。

遊山に来ている若い娘でもいればかっさらってやろうか、という気持ちで朝から白金村に来ていたのだが、今日はなかなかそれらしい女を見つけられなかった。

さんざん歩きまわり、今日は仕方ねえ、あきらめるか、と考えた矢先、小便をしたくなり、手近の神社の林にもぐりこんだところ、あの娘がいたのだ。

立ち小便だけは人目があるところではできない。幼い頃、ある町家の壁に向かってしていたところ、そこの住人にこっぴどく殴られたのが影響している。

しかし、その習慣がいい結果をもたらしてくれた。長じてからその男は半殺しにしてやったが、あのとき殴られたのも悪くはなかったということだな、と仁吉はにやりとした。

仁吉は、十間ほど先にいる女の子をじっと見つめた。

目がくりっとして、なかなかの器量よしだ。あと数年したらもっと味がよくなるのはわかっていたが、ここでいただいてもはやすぎるということは決してない。

仁吉はもう一度まわりを見渡した。

やはり人けはない。境内を支配する静寂を破るのは行きすぎる風だけで、ときおり烏の鳴き声が響く程度だ。

また風が地面をなめるようにして吹きすぎた。その風で娘の着物がわずかに巻きあげられ、薄闇のなかでも真っ白なふくらはぎがはっきりと眺められた。

我慢できねえ。息を殺して動きはじめた仁吉は、立ち木を伝うように女の子のうしろにまわりこんだ。

忍び足で近づき、あと半間というところまで来て、女の子が気配を感じたように振り向いた。仁吉を見て、叫び声をあげようとした。

仁吉は飛びかかり、口をふさいだ。女の子が頰をひきつらせ、暴れようとする。

仁吉は思わずにやりとした。この恐怖に震える顔を見るのがなにより好きだ。

手のうちの小鳥を握り潰すより簡単に、仁吉は娘を気絶させた。

十二

重兵衛は境内を見渡した。

落葉にはまだはやく、鬱蒼《うっそう》と枝葉を茂らせている木々にまわりを囲まれた雷神社は閑散として、人けがない。

お美代は本当にいるのだろうか。

「お美代」

重兵衛は続けざまに呼んだが、応えはない。

（四半刻待てば、か……）

どうやらおわかのいう通りにするしかないようだ。

重兵衛は本殿の脇にある大石に腰かけた。

すっかり冷たくなった風が樹間を抜けるように吹きこんできて、やや汗ばんだ体を冷やす。寒けが襲ってきて、重兵衛は続けざまに三度くしゃみをした。

国を離れ、江戸に急いだときのことが脳裏に戻ってきた。冷たい雨に打たれた翌日、重兵衛に風邪をひいたことを教えたのがやはりくしゃみだった。

それで風邪をこじらせて行き倒れた結果、先代の宗太夫《そうだゆう》に救われて村に住み着くことになった。人の縁の不思議さだ。

いよいよ境内は暗くなってきた。本殿の屋根のほうがかすかな明るさに照らされているだけで、本殿の格子戸や柱、狛犬《こまいぬ》などは薄暗闇にさえぎられ、輪郭すら見えにくくなっている。

本当にお美代はあらわれるのだろうか。少し心配になってきた。

誰かの目を感じたように思い、上を見ると、数羽の鳥が立ち枯れた大木のてっぺんのほうにとまり、重兵衛を警戒するように見おろしていた。座っていることに疲れを覚えた重兵衛が立ちあがると、一声鳴き、はばたきの音をさせて飛び去った。

重兵衛はため息ともつかない息を一つ吐いた。そのとき、鳥居のほうから人の声がきこえた。

「お美代、どこへ行ってたんだ」

吉五郎の声だ。

重兵衛は声のほうに駆けだした。

鳥居のすぐ脇にお美代が立っている。かたわらに吉五郎と松之介、それにお美代の祖父の彦作がいた。

重兵衛は、安堵で腰がへなへなと崩れ落ちそうな感覚を味わった。足に力を入れ直し、お美代の目の前に立つ。

「いったいどこへ行ってたんだ」

つい声を荒らげた。

「お綾ちゃんみたいにしてくれないの」

お美代が小さな声でいう。

「あ、お美代、まさか」

吉五郎がいうと同時に、横から飛びだした人影がお美代の頰を強烈にぶった。彦作だった。年寄りとは思えない動きが、怒りの深さをあらわしていた。

「おまえ、お師匠さんの気を惹《ひ》くために、こんな馬鹿なことを」

声を震わせていった。

お美代は頰を押さえて泣きだしそうにしているが、目はじっと重兵衛を見ている。

重兵衛は腰を曲げ、お美代と目の高さを同じにした。

「本当にそうなのか」

「本当よ」

お美代の目から涙があふれた。

「この馬鹿もんが」

彦作が再び怒鳴りつけ、殴ろうとする。重兵衛はさすがにとめた。

彦作は腕をおろしたが、孫の前にまわりこんだ。

「村の皆さんがどれだけ心配したか、どれだけおまえのために駆けずりまわってくれたか、わかっているのか」

「だって、そうでもして心配かけてないとお師匠さん、どこかへ行っちゃうような気がするんだもん」

「お師匠さんが心配なら、こんな手立てを取らずともほかの道が――」

うっ。彦作は急に胸を押さえた。顔をしかめ、背中を丸めて苦しみはじめた。

「おじいちゃんっ」

「彦作さんっ」

すばやく動いた重兵衛は、地面に倒れる寸前の彦作を抱きとめた。

「お美代、かかりつけの医者はいるのか」

お美代は目を大きく見ひらいて、祖父を見つめている。

「お美代、どうなんだ」

お美代ははっと我に返った。顔を急いで上下させる。

「うん、陽岳《ようがく》先生」

陽岳なら重兵衛も知っている。新堀川三《さん》ノ橋《はし》近くの三《み》田《た》古川《ふるかわ》町《ちょう》に住む町医者だ。

「急いで家に連れてこい。吉五郎、松之介、お美代についていってくれ」

十三

「お姉ちゃん、どこにいるの」

すっかり闇に包まれた雷神社の境内にやってきたおせんは姉のおもとを捜した。

提灯で境内を照らすと、木立や本殿の陰にひそむ物の怪が一気に立ちあがって襲いかかってくるような錯覚にとらわれ、肝が縮んだ。

それでもこんなに暗くなっても帰ってこない姉が心配で、おせんは懸命に心を励ましてあたりを捜し続けた。

敷石の上の人形に気づき、おせんは拾いあげた。人形は姉が特にかわいがっていたもので、よく話しかけていた。

「おっかさん」

おせんが呼ぶと、一緒におもとを捜しに来ていた母親のおすえが提灯を激しく揺らして駆けてきた。

「見つかったの」

息せききっていう。

「ううん、これ見て」

おせんは人形を掲げた。

「お姉ちゃん、この人形がぐずるとあやしに必ずこの神社に来てたの」

「じゃあ、やっぱりおもとはここにいるのね。でも、なんでそんな大事な人形を……」

母娘はさらに捜し続けた。

きゃあ。神社の外に立つ大木の陰に入ったおせんが悲鳴をあげた。

あわてておせんのもとに走り寄ったおすえも、百舌《もず》のような叫び声を喉の奥からほとばしらせた。

目の前にぶらりと下がる小さな影があった。

「まちがいない、仁吉の仕業《しわざ》だ」

村役人の一人である富之助《とみのすけ》が断言した。

「餌をあさる野良犬のようにやつがうろついてたのを、何人も見ている。やつに手ごめにされて絶望したおもとちゃんは……」

悔しそうに歯をぎりと噛み締めた。

「御番所に届け、やつを獄門にしてもらいましょう」

憤懣《ふんまん》やるかたないという表情で名主の恵造《けいぞう》がいった。

「しかし、やつはこれまで何度も調べられているのでしょう」

もう一人の村役人の権右衛門《ごんえもん》がかたく腕組みをして、言葉を吐きだした。

「それなのに、一度たりともお縄になったことはありませんよ。御番所に届けたところで、また同じことの繰り返しになるんじゃないですか」

「しかし、届け出るしかほかに道はないでしょう」

恵造は無念そうに口にした。

「今度こそお縄にしてくれることを信じるしか、手前どもにできることはないですよ」

十四

重兵衛は、彦作をおぶって道を急いだ。

お美代の家に着き、なかに声をかけた。だが、出払っているらしく、返ってきたのは静寂のみだ。

失礼します、と声をかけてから重兵衛は戸をひらき、土間に足を踏み入れた。

家は土間のほかに、囲炉裏がある板敷きの部屋と奥にもう一室あるだけだ。

奥の間に夜具を敷き、彦作を寝かせる。

幸いなことに、しばらくすると彦作の意識は戻った。しかし顔が青白く、死人を思わせるつやのなさがあらわれている。

死期が近いのでは。

表情に出ないよう気を配りながら、重兵衛は暗澹《あんたん》とした気持ちになった。

「すまんな、お師匠さん。手をわずらわせちまって」

唇を押しだすようにして、彦作がいう。

「水を持ってきましょうか」

「ああ、頼む」

重兵衛は土間に行き、甕《かめ》から湯飲みに水を汲んだ。

重兵衛に支えてもらって上体を起こした彦作は、酒でも味わうかのようにゆっくりと半分ほどを飲んだ。

「ありがとう、だいぶ落ち着いた」

湯飲みを重兵衛に返してきた。

「痛みは」

「もうない。息も楽になったよ」

その言葉に嘘はないようで、顔にはやや赤みがさしはじめている。死人のような雰囲気は取り払われつつあった。

重兵衛は胸をなでおろした。

「お師匠さん」

彦作が呼びかけてきた。

「あの子を怒らんでやってください」

「はい」

重兵衛は彦作を見つめた。

「どうした。わしの顔になにかついているかな」

「いえ、だいぶ顔色がよくなってきたな、と思いまして」

「そうか」

口元に笑みをつくった彦作は手を動かし、両の頰を探るようになでた。

本当は、重兵衛は郷里の祖父を思いだしていた。まったく似ていないのに、彦作の顔が祖父と重なったのだ。

祖父は重兵衛が八つのときに亡くなったのだが、そのやさしかった人柄は今でもはっきりと覚えている。

よく連れていかれたのは釣りだ。祖父は渓流での山女《やまめ》釣りを得意としていた。祖父が釣りあげた山女をその場で焼いて食べたときのうまさは忘れられない。おまえと一緒だと本当によく釣れるな、と柔和な笑みを浮かべてうれしそうにいってくれたものだ。

祖父は死の二ヶ月前、朝食をとっている最中、吐血した。それから寝たきりになってしまったのだが、日が進むにつれ食べる物も食べられなくなり、死の直前にはやせ細って枯葉のような顔色になっていた。幼い重兵衛が見ても、死は避けられないことがはっきりとわかった。

おじいさま、死なないで。夜具に身を横たえている祖父に向かって重兵衛は懇願したことがある。

「悲しいのはよくわかる。でも、そういう気持ちはおまえだけのものではないぞ。人というのがこの世に生まれ出てからずっと繰り返されてきたものだ。しかし、おまえが悲しんでくれてわしはとてもうれしく思うよ。おまえも、人に死を悲しんでもらえるような一生を送りなさい」

家人全員での懸命の看病もむなしく、祖父は逝った。重兵衛の胸にあいた穴は、半年近くものあいだふさがらなかった。

戸がひらく音がして、お師匠さん、とお美代が声をかけてきた。ここだ、と答えると、板戸をあけて顔を見せた。

「連れてきたわ」

軽く会釈をして顔を見せた陽岳は重兵衛たちを隣の間に追いやり、彦作を診た。

しばらくして戸をあけて、出てきた。

「先生、おじいちゃんは大丈夫なの」

お美代がすがるように問う。

陽岳は長く伸びた顎ひげの形をととのえ、静かにうなずいた。

「今回は大丈夫だろう。でもお美代ちゃん、次にこんなことになったらどうなるかわから

ない よ」

陽岳は諭す口調で告げた。

「あまり心配をかけるような真似はしないほうがいいな」

そういって医師は去っていった。

お美代はしょげ返っている。

そこへ、お美代の母親が帰ってきた。そこにお美代がいるのを見て、息をのんで立ちすくんだ。

「おまえ、いったいどこに行ってたの」

目をつりあげて怒鳴りつけた。

重兵衛はあいだに入り、顚末《てんまつ》を説明した。

「えっ、おじいちゃんが」

あわてて隣の間に入ってゆく。

重兵衛は、土間にいた吉五郎と松之介をうながして、外に出た。

十五

「ちょっといい加減にしてくださいよ」

仁吉はにたにた笑っている。

「あっしがそんな幼い子をやっちまうなんて、そんなひでえことするわけないでしょう。このところ女日照りっていうのは確かですけど、だからってそこまで飢えてませんよ」

村人の訴えを受けて仁吉の家にやってきた同心も決して背丈が低いほうではないが、大柄の仁吉に縁側に立たれると、さすがに子供のように見おろされる。いい気持ちはしなかったが、その思いをだすことなくきいた。

「あの日、白金村でおまえを目にしている者が何人もおるのだ」

「あっしはここ白金台町に住んでるんですよ。白金村くらい行きますよ。すぐ近くの割にあの村は景色がいいし、落ちこんだ気分を晴らすには格好の場所ですからねえ」

「ほう、おまえが落ちこむことなんてあるのか」

「そりゃ、あっしだって人の子ですからねえ、そういうこともありますよ」

「人の子か。親の顔を見てみたいもんだ」

「………」

「どうした、そんなに怖い顔をして」

仁吉は軽く咳払《せきばら》いをした。

「いえ、なんでもございません」

「仁吉、本当におもとという女の子を手ごめにしていないというんだな」

「当たり前ですよ。そのおもとって子、何歳っていいましたっけ」

「九歳だ」

「ひでえですねえ。人の心を持つ者ならそんな幼い子を手ごめにするなんざ、できやしませんて」

「おまえさんのなかには獣が棲みついている、という者がほとんどなんだが」

「そんなあ……いったい誰がそんなことというんですかい」

「きいてどうする。半殺しの目に遭わせるのか」

「滅相《めっそう》もない。旦那はなにかあっしのこと、勘ちがいしてるみてえだなあ」

「いや、まちがいなくどういう男かわかっているつもりだ」

「そうですかい」

仁吉はすねたように首をすくめた。

「今日のところはこれで引きあげるが、仁吉、首を洗って待っとけ。俺はおまえを必ず獄門台に送ってやる」

「旦那、こりゃまたおっかねえことおっしゃいますねえ」

怖れている様子など微塵も見せずにいって、またにたにたと笑った。

「さすがに鬼、と呼ばれるだけのことはありますねえ」

「弥兵衛《やへえ》、引きあげるぞ」

取り合わずに同心はうしろに控える中間に声をかけた。

「ああ、そうだ」

きびすを返しかけて同心は足をとめ、振り返った。

「仁吉、おまえさんのおっかさん、どういう死に方したんだっけ」

仁吉の顔色が変わる。

「そんなこときいてどうするんです」

「深い意味はない。確か、獄門になったんだよな。あれはどうしてだったかな」

仁吉は肩から力を抜いた。

「どうせご存じなんでしょ。あっしを怒らせてなにかいわせようって魂胆《こんたん》ですかい。母親は父親を殺したんですよ」

「そうだったな、思いだしたよ。……なあ、仁吉」

同心は呼びかけた。

「おっかさんは殺す相手をまちがえたとは思わんか」

にやりと笑って同心は枝折戸を抜けていった。

仁吉は部屋に戻り、あぐらをかいた。大徳利を傾け、酒を胃の腑《ふ》に流しこんだ。

「河上惣左衛門《かわかみそうざえもん》」

憎々しげにつぶやいた。

「あの野郎、いつか殺してやる」

十六

「お美代、おはよう」

翌朝の五つすぎ、お美代はいつも通り姿を見せた。少しばつが悪そうな顔をしている。

「おはようございます、お師匠さん」

それでも元気よく挨拶はした。

「寝られたか」

「ううん、あまり」

お美代は正直に答えた。

「彦作さんの具合はどうだ」

「今日は起きて、朝餉を食べたわ」

「だいぶ食べられたか」

「ううん、お味噌汁を半分飲んだだけ」

「そうか。でも、食べられるようになりさえすれば本復は近いぞ。体が欲している証だからな」

教場が一杯になったのを認めた重兵衛は、五十人あまりの手習子の相手をはじめた。

しかし長見寺の秋祭りが近いということもあってか、いつも以上に子供たちは落ち着きがない。

さすがに重兵衛がそばにいてじかに教えているあいだはまじめな顔をつくっているが、重兵衛が去った途端、なにを買おうか、俺はあれを買う、といった相談をはじめる。

そういう空気のなかで、やはりお美代は元気がなかった。吉五郎が話しかけても生返事を返すだけで、どことなく上の空だ。

午前の手習が終わり、昼食をとりに帰った者たち以外、手習子たちは弁当をつかいはじめた。

重兵衛は台所に行かず、鮭《さけ》を焼いたものと梅干をのせた弁当を自分の文机のところでとった。最近は常にこうしている。

重兵衛がいないと子供たちは襖《ふすま》や障子を破ったり、畳や壁に見事な落書きをしてくれるのだ。いたずら自体、子供のすることなのでとがめる気はないが、正直、直す手間と費《つい》えが痛い。

宗太夫が存命の頃はこんなことはなかった。宗太夫は台所で昼食をとっていたが、子供たちはけっこう静かにしていたものだ。

やはりやさしいだけでは駄目で、むしろ雷《かみなり》師匠と呼ばれるくらいが手習子の親たちにありがたがられることも知っているが、子供を叱りつけるのはどうも苦手だ。

威厳がないのだよな、と重兵衛は自らを顧みて思う。宗太夫はいつも穏やかな話しぶりだったが、声に少し力をこめただけで、子供たちの背筋はぴしりと伸びたものだ。

ああいうふうになれたら最高だな、とは思うが、道のりはかなり険しい。

弁当を食べ終わった吉五郎と松之介が、一人離れたところで食べているお美代のもとへ行った。

二人してお美代の横に座り、話しかける。お美代が一言二言答えると、わかったというようにうなずいて二人は立ちあがった。

そのまま、茶を喫している重兵衛のところに歩いてきた。

「ねえ、お師匠さん」

二人は文机の前にちょこんと正座をした。

「秋祭りの日さ、なにか予定はあるの」

吉五郎がきく。

「いや、なにも」

「だったら、おいらたちとお祭りへ一緒に行こうよ」

「そりゃいいな。楽しみだ」

重兵衛は目を転じた。

「お美代はなんだって」

「行かないって。おじいちゃんの面倒をみる気でいるみたい」

「そうか。……でも、わけがわけだけに無理に誘うわけにはいかんしな」

「そうだよね」

松之介が残念そうにいう。

「俺たち、お師匠さんに誘ってもらおうと思っていたんだよ」

「お師匠さんの誘いなら受けるんじゃないかと思ってさ」

二人は期待に満ちた目で重兵衛を見つめている。

「わかった。話してみよう」

重兵衛はお美代の向かいに腰をおろした。

「秋祭り、本当に行かぬのか」

「うん」

「でもずっと楽しみにしていたんだろう」

「もちろんよ。一年にいっぺんだもの。でも仕方ないでしょ」

「俺が当日、誘いに行っても駄目か」

「お師匠さん、来てくれるの」

お美代が目を輝かせる。

「もちろんだ」

重兵衛が行けば、母親もまず駄目とはいうまい。

「おそのちゃんはどうするの」

「お美代がよければ誘ってもいい」

「本当はお師匠さん、おそのちゃんと行きたいんでしょ」

正直、そこまでは考えていなかった。

「うん、まあ、一緒に行けたらきっと楽しいだろうな」

「そうよね、行きたいなあ」

お美代は目を落として考えていたが、やがてあきらめたように首を振った。

「ごめんなさい、やっぱりやめておくわ。私のせいでおじいちゃん、あんなことになっちゃったのに、おじいちゃんをほっといて、私だけ楽しむなんてできないもの」

十七

「おい親父、とっとと酒、持ってこいや」

「へい、ただいま」

仁吉は同心にいたぶられた傷を癒すために、なじみの煮売り酒屋に出かけていた。なじみといっても仁吉が勝手に思っているだけで、店主のほうは仁吉が暖簾《のれん》をくぐっただけで、迷惑そうに眉をひそめる。

もっとも、同心のことは口実にすぎない。どんなことがあろうと酒を胃の腑におさめない日はないのだから。

　しかし、鬼の惣左に目をつけられたのはまずいかもしれない。仁吉は湯飲みに満たした冷や酒をくいっと喉に流しこんだ。いつもより苦い味がする。

　それでも酒を切りあげるつもりにはならなかった。いつもの習慣で、この夜も四つ頃まで店にいて酒を飲み続けた。

「仁吉さん、そろそろ閉めたいんですが」

　店主が寄ってきた。

「お代をお願いします」

「いくらだい」

「これまでの付けもできたらお願いしたいんですが」

　なんだと、と仁吉はいいかけた。店主がびくりとして身を引く。

　鬼の惣左の顔が脳裏に浮かんだ。ここで騒ぎを起こし、大番屋に連れていかれかねない材料を与えるのは得策ではない。

「いいよ。あんたのところは酒も肴《さかな》も抜群だからな、ちゃんと払わねえで出入りを禁じられちゃあかなわねえ」

　懐から巾着を取りだし、いわれるままに支払った。店主は額に浮かんだ汗を拭い、安堵の息をついて下がっていった。

「ありがとうございました」

まったく心のこもっていない言葉を背中に受けて、仁吉は道を歩きはじめた。


「もう我慢ならん」

文左衛門《ぶんざえもん》は声を荒らげた。

「腹が煮えて煮えて……」

いきなり涙をあふれさせた。もともと感情の起伏が大きく、涙もろい男ではあるが、この涙は心の底からのものだ。

「あの子の無念を思うと……」

懐から手拭いを取りだした文左衛門は涙をひとしきり拭った。手拭いをしまうや、がばと土下座をした。

「頼む、力を貸してくれ、な、頼む」

文左衛門は親友だが、さすがにことの重大さに即答はできない。

「このままやつを野放しにしておけば、また新たな犠牲者が出る」

それはまずまちがいない。

「策はもう考えてあるのか」

ときを稼ぐつもりではなく、きいた。この男がなんの考えもなく、こんなことをいうはずがない。

「ある。きいてくれるか」

文左衛門は真剣な光を瞳にたたえた。これをきいたら、もはやあと戻りできないことがわかった。

「わしが絡《から》まんとできぬことか」

「その通りだ。おまえさんが力を貸してくれんと、どうにもならん」

文左衛門は、瞬きを忘れてしまったかのように一心に見つめている。

一度目を閉じてから、腹に力をこめていった。

「よし、きこう」

十八

長晃寺の秋の縁日。

この日、村人は仕事を休んで、朝から祭りを楽しむ。

まだ朝の五つをすぎたばかりというのに、風に乗って笛や太鼓の音がきこえてくる。思わず気分を浮き立たせる音色だ。子供の頃、祭りというと気持ちが高揚したものだが、その頃の、いかにも血がたぎる感じを重兵衛は思いだした。

「お師匠さん」

吉五郎が呼びに来た。

出てみると、松之介のほかにも十人以上の手習子たちがいた。

「お師匠さんと行くっていったら、どんどん集まっちゃってさ」

「祭りは大勢で繰りだしたほうが楽しいものだ。さあ、行こう」

参道にはたくさんの屋台が出ていた。思った以上ににぎやかで、よそからもかなりの人が来ているようだ。

「へえ、かなりのものなんだな」

重兵衛は正直な思いを口にした。

「びっくりしたでしょ。この近辺じゃあいちばんの祭りっていわれてるんだ。夜は踊りもあるし」

「吉五郎も踊るのか」

「ううん、あれは女衆《おんなし》だけ」

女衆か、と重兵衛は思った。いかにも祭りらしい響きだ。

「お美代も来ればよかったのにな……」

吉五郎が残念そうにいう。

「あいつ、本当に祭りが好きなんだもの。今年だって、もう半月も前からうきうきしていたのに」

「吉五郎、誘いに行くか」

重兵衛がいうと、吉五郎だけでなく子供たちがうれしそうに見あげた。

「これだけの人数で誘えば、お美代だって断らぬだろう」

きびすを返し、みんなでお美代の家を目指して歩きはじめた。

長晃寺の参道が切れ、道を右に取ろうとして、重兵衛は目をあげた。

一町ほど先に、年寄りと女の子らしい二人連れがいる。

「お師匠さん、あれ」

松之介が指さす。

「ああ、来たようだな」

子供たちがいっせいに駆けだし、重兵衛もあとを追った。

「お師匠さん、おはようございます」

お美代が満面の笑みで挨拶する。

重兵衛は返しながら、孫に合わせて腰を折る彦作を見つめた。

顔色は前ほど悪くない。だが、そんなにいいとはいえない。

「お加減は大丈夫ですか」

重兵衛は気づかって、きいた。

「もうだいぶ。無理さえしなきゃ外に出てもいいってお医者にいわれたもんで」

彦作はまた深く辞儀をした。

「この前は、この馬鹿娘のためにあんなに一所懸命になってもらって、本当にありがとうございました」

十九

「あれ、和尚さんじゃねえか」

白金台町の檀家に経をあげに行った帰り、徳応《とくおう》は呼びとめられた。提灯を声のほうにまわすと、路地からふらりと人けのない通りに出てきたのは一人の男だった。

「なにしてるんです、こんなところで」

「檀家からの帰りさ」

男は白金村の住人で、粂蔵《くめぞう》といった。だらしなくゆるんだ口から酒の香がぷんぷんしている。

「ご機嫌だな。だいぶ飲んだのか」

「ええ、まあ」

粂蔵は、へへ、と笑った。

「しかし、酒はほどほどにしておいたほうがいいぞ」

「わかっちゃいるんですが、やめられないんですよ。この世にこんなうまいものがあるのか、って思うくらいですからね。和尚さんは飲まないんでしたっけ」

「酔っ払ってしまうほどには飲まんよ」

「なにしてるんです、こんなところで」

「だから、檀家の帰りだよ」

「でもずいぶんおそいじゃないですか。もう四つはまわってますよ。あ、和尚さんもどっかで飲んでたんじゃないの」

「飲んでなどおらんよ」

じゃあこれで、と軽く会釈して徳応は道を急ごうとした。

「ちょっと待ってよ、和尚さん」

粂蔵が袈裟の袖を引っぱった。徳応は少しよろけた。

「おっと、大丈夫ですか。和尚さん、危ないですよ、気をつけてください」

「なにかな」

徳応は少しいらだたしげにいった。

「すいません、あっし、まだ飲み足りないんですよ。でですねえ、お足を貸していただけないかと思いまして」

「駄目だ。もう十分飲んだだろう。さっさと家に帰って寝たほうがいい」

「そんなつれないこと、いわないでくださいよ。ね、お願いしますよ」

また袈裟をつかんだ粂蔵は、徳応を行かせないように力をこめて引き寄せた。

「なにをするんだ。こら、離しなさい」

徳応は声を荒らげ、粂蔵を振り払った。

途端、粂蔵はふらふらとあとずさり、なにかにつまずいたようにうしろ向きに倒れた。

それきり動かない。

「おい、どうした。大丈夫か」

徳応は駆け寄り、提灯をかたわらに置いて粂蔵を抱き起こした。

「しっかりしろ」

しかし粂蔵は首をだらりとうしろに垂らし、ぴくりともしない。

徳応は左右を見渡し、人影がないことを確認した。粂蔵を静かに横たえると、提灯を手に立ちあがった。

気づいたように吹き消し、袈裟をひるがえして走りだした。

二十

「いえ、もうその話は」

重兵衛は笑って彦作を制した。

「今、みんなでお美代を誘いに行こうとしていたところだったんですよ」

「ええ、ほんとうなの。お師匠さん」

「本当だ。吉五郎がどうしてもお美代を誘いたいっていうから」

「あ、ずるいよ、お師匠さん。そんなこといってないじゃないか。お美代、嘘だからな、本気にするなよ」

「ふふ、馬鹿ね。照れなくたっていいのよ」

「馬鹿、誰が照れてんだよ」

一歩進み出た彦作がお美代の頭をなでた。

「お美代、みんなと一緒に先に行ってなさい。わしはあとからお師匠さんと行くから」

「でも、おっかさんに目を離しちゃ駄目っていわれてるのに」

「そりゃ、わしの言葉じゃないのか」

彦作は柔和に笑った。

「大丈夫。おっかさんにはわしからちゃんと話しとくよ」

「ほんとにいいの」

「ああ、はやく行きなさい」

彦作は、お美代と一緒に走りだそうとする仲よしの二人に声をかけた。

「吉五郎、松之介、目を離さんよう頼むぞ」

「まかしといて。なんなら縄でもつけておこうか」

「ちょっとやめてよ。罪人じゃあないんだから」

十数名の子供たちはじゃれ合うように参道を遠ざかってゆく。

しばらく肩を並べて歩いた重兵衛と彦作は、参道から少しはずれたところにある地蔵堂脇の大石に腰をおろした。

しばらく彦作はなにもいわずに黙っていた。肩を揺らして重兵衛を見る。

「お美代がなぜあんなことをしたか、気持ちはわからんでもないんだ」

　切なそうな笑みを見せる。

「お美代がいった通り、どうもお師匠さんには危なっかしいところというか、不意に姿を消しちまいそうなところがあるよな。それは自分でもわかっているんだろうが」

　彦作は角ばった喉仏を上下させると、そっと目をあげた。眼差しの先に、塀の向こう側に建つ鐘楼が見える。

「この寺に来たのは本当に久しぶりだ」

　彦作がぽつりとつぶやく。

「えっ、そうなんですか。子供だけでなく、村の人たちもお祭りを楽しみにしているのに」

「お師匠さんは、三十年前、あの鐘がなくなった話をきいたことがあるかい」

「ええ、吉五郎から」

「不思議に思ったかい」

「もちろんです。誰か鐘を取っていった者がいるということなんでしょうが、そのことにどういう意味があるのか、まるで見当がつきませんから」

「だろうな」

彦作は同意してみせた。

「本当は自分一人の胸にしまいこんであの世に行くつもりだったが、お師匠さんに会って気が変わった」

彦作の言葉に、重兵衛は胸に重く響くものを感じた。

「みんな鬼籍に入っちまって、真実を知っているのはもうわし一人だ。是非、話をきいてくれるか。お師匠さんに、わしが抱えてきた重さまで押しつけるようで気が引けるが」

「うかがいしましょう」

重兵衛は即答した。

「ありがとう」

彦作はそれからなにもいわずじっと鐘に瞳を当てていたが、やがてゆっくりとした口調で語りはじめた。

二十一

「和尚さん、和尚さん、たいへんだよ」

本堂の階段を駆けあがる足音がし、背後の障子がすらりとひらかれた。

徳応は朝のつとめを中断し、正座の姿勢のまま声の主に向き直った。

「おひでさん、どうされたのかな、そんなにあわてて」

にっこりと笑いかけたが、おひでは笑い返してこなかった。

「和尚さん、とにかくたいへんなんですよ。はやく来てください」

唾を飛ばすようにいう。

おひでは毎朝、夜明け頃の参詣を常に欠かさない老婆だ。背筋はしゃんと伸びているが、髪は真っ白で、額には三本のしわが刻まれている。顔をしかめているせいで、眉間にも深いしわが寄っている。

「いったいどうされたものやら」

徳応は苦笑しつつ立ちあがった。

「来てくれりゃわかりますよ」

おひでは、はやくはやくと手招きする。首をかしげながら徳応はあとをついていった。

「ほら、和尚さん、この通りですよ」

鐘楼のたもとに立ったおひでは上を指さした。

人さし指の先に吊り下がっているはずの梵鐘《ぼんしょう》がない。

「馬鹿な……信じられん」

徳応はごくりと息をのんだ。

「盗まれたのかしら」

おひではすぐに首を振った。

「でもあんな重たい物、盗めるかしら。ねえ和尚さん、鐘って二百貫（約七百五十キロ）はあるんでしょ」

「うちのはそれくらいだな。このあたりじゃ小さいほうだが」

徳応はおひでに向き直った。

「おひでさん、すまないが、名主さんに知らせてもらえないだろうか」

「まかせといて」

どんと胸を叩いて、おひでは背を向けた。

やがて、名主の恵造がやってきた。腰が曲がりはじめているが、一人で動くことをまったくいとわない気のいい男で、村人の面倒見は抜群だ。村人たちも慕っている。

「話はおひでさんからききましたが、本当ですか」

山門で待っていた徳応は、名主を鐘楼のところに案内した。

「この通りですよ」

「……信じられん」

「寺社方には」

「ええ、使いを走らせました。いずれどなたかがやってくるものと」

　恵造は真剣な顔を向けてきた。

「どういうことかわかりますか」

「いえ、さっぱりです」

「いつなくなったのです」

「昨日の夕刻にはありました。ですから、昨夜ということになりますか」

「しかし、いったい誰がなんのために」

「わかりません。あの鐘は古いだけが取り柄でして、特になにか由来が、というのもきいたことありませんし」

「骨董《こっとう》集めに凝っている人だってあんなに重い物、盗むとは思えませんしねえ。なにより一人じゃ無理でしょうし」

「そうでしょうね」

「住職、盗まれたとしたら昨夜といわれましたが、そのような人のざわめきみたいなものは感じなかったですか」

「申しわけありません、まったく」

「いえ、謝られることではないんですが」

それ以上きくこともないようで、恵造は黙りこんだ。

半刻ほどで、寺社奉行から探索の中心となる大検使に配下の小検使がやってきた。

大検使も小検使も、町奉行所の与力や同心のように代々探索に従事してきた者とは異なり、寺社奉行の家臣にすぎないから探索にはさほど慣れていないはずだが、鐘がなくなるという物珍しさも手伝ってか、それなりに精力的に動きまわった。

寺の者や檀家、村人にも事情をきいたが、誰がなんの目的で鐘を持ち去ったのか、答えられる者は一人としていなかった。

重さ二百貫もある梵鐘を一人で盗んでいったとは大検使たちも考えなかったが、しかし大人数で盗んだところで、なにか得になるとも思えない。

どこかよその村で裕福な檀家が、菩提寺《ぼだいじ》の梵鐘を新たに鋳造《ちゅうぞう》する際、金五十両を溶かしこんだという話を大検使は知っていたが、長晃寺の鐘にそんなゆえんがあるなど徳応もきいたことがない。

もし仮に大金が溶かしこんであったとしても、どうやって取りだせばいいか、知る者などほとんどいないだろう。

金に困った住職が鐘を売ったのでは、という憶測が寺社方ではされたらしいが、もともと徳応は金銭に恬淡《てんたん》としている人柄の上、金に困ってもいなかった。それに、もし金がほしいのだったら、鐘などではなく本尊や蔵の寺宝を売り払うのが筋と思われた。

結局、鐘は見つからず、そして盗んでいった者もつかまることなく、新しい梵鐘がつくられた。

「では、誰がなんのために盗んだのかわからずじまいですか」

重兵衛がきくと、彦作は穏やかに首を振った。

「いや、どういうことか、はなからわかっていたさ」

二十二

深夜、一つの大柄な影が、あたりをきょろきょろと見まわしてから長晃寺の山門をくぐっていった。

体を縮め気味に枝折戸を抜け、庭をまわりこんで庫裏の縁側の前に立った。

「和尚、いるかい」

縁側に片膝を乗せ、腰高障子を叩く。

真っ暗だった部屋に明かりが灯り、障子がひらかれた。

「どなたかな」

「俺だよ、仁吉だよ」

徳応は目の前の男を透かし見るようにした。

「いったいどうした、こんな刻限に」

「寝てるところを起こしちまったようだが、和尚、これでも俺なりに気をつかったんだ」

「どういうことかな」

「そんな顔でにらまなくたっていいよ。子供の時分は肝が縮みあがったが、今はもう効き目はないぜ」

「どういうことかときいている」

仁吉はにやりと笑った。

「こんなところで立ち話もなんだ、あがらせてもらっていいかい」

「よかろう」

うなずいた徳応は部屋に下がり、部屋の中央に行灯《あんどん》を持ってきた。

すばやくあがりこんだ仁吉はうしろ手に腰高障子を閉めた。入りこんだ最後の風に、行灯がじじと音を立てる。

「そんなところに突っ立ってないで、座ったらどうだ」

仁吉はその言葉にしたがい、徳応が指し示した真向かいにあぐらをかいた。

「なに用かな」

「いきなりか。茶くらい出てこないのかい」

「おまえさんに飲ませる茶などない」

「なんだ、きらわれたもんだな。和尚も娘を俺が手ごめにしたと思っているのか」

「ちがうのか」

徳応は冷たい一瞥《いちべつ》をくれた。その目をいなすように仁吉は薄笑いを浮かべた。

「和尚に俺のことをどうこういう資格があるのかな」

「あるに決まっておろうが。おまえさんは人の屑《くず》だ。残念ながら、御仏《みほとけ》の力をもってしても真人間に戻すことはできん……」

「俺が屑か。だったらあんたは破戒僧《はかいそう》だ」

徳応は目を細めた。負けずににらみ返した仁吉は匕首を突きつけるようにいった。

「和尚、人を殺《あや》めなさったね」

「なんの話だ」

「とぼける必要はないぜ。御番所やお寺社に届けるつもりはないんだ」

「いってる意味がさっぱりわからん」

ふん、と仁吉は鼻で笑った。

「和尚、俺は見てたんだよ、昨夜の一部始終をこの目でな」

片膝立ちになった仁吉は勝ち誇ったように徳応を見おろした。

「なにを見たという」

「和尚が人を殺したところをだ」

「わしが人を殺しただと」

「おうよ、酔ってからんできた男を和尚が振り払った。よろけた男はうしろ向きに倒れ、石に頭をごつんだ」

徳応の顔から色がなくなった。

「やっと手応えがあったな」

「本当に見ていたのか……」

「当たり前だ。和尚、あそこは俺の家の目と鼻の先だぞ。俺が毎晩飲みに出ているのを知らんわけじゃあるまい。もっとも、俺にはその手の場面に出くわす才がどうやら備わっているらしいが」

「あの男は死んだのか」

「自分で確かめただろうが。それに今日、下っ引らしい野郎がなにか見てないか俺のところへやってきたぜ。もちろん、俺はなにも見てないと答えたが」

「どうして正直に答えなかった」

「そんなことしたら金にならんだろうが」

「だから、こんな夜更《よふ》けに一人で来たのか」

「そういうことさ」

仁吉はにやりと笑った。行灯の淡い光に浮かびあがるその笑みは、仁吉を幼い頃から知っている徳応にも寒けを覚えさせるほどの凄みがあった。

「もし正直に答えていたら……」

下を向いた徳応はそのあとの言葉を濁《にご》した。

「なんだ、はっきりいいなよ」

仁吉の声に、徳応は顔をあげた。

「いくらほしい」

「百両」

「そんな大金、こんな貧乏寺にあるわけがないだろう」

「今、全部をよこせとはいわんさ。でも、この前祭礼が終わったばかりじゃないか。賽銭《さいせん》だってたんまりと入ったろ。とりあえずそれをいただこうじゃないか」

「わしが自首したらどうする」

「そんなことするわけがない」

仁吉が自信たっぷりにいい放つ。

「その気があるんだったら、昨夜、自身番に届けるとかしただろう。それになにより、いくらほしい、なんてきくはずがない」

徳応は唇を噛んでいる。無言で立ちあがると襖をあけ、隣の間に入っていった。

戻ってきたときには小さな箱を手にしていた。正座をし、仁吉に手渡す。

仁吉は喜々として受け取り、蓋《ふた》を取った。その表情が龕灯《がんどう》でも当てられたように輝く。

「ほう、けっこうあるじゃねえか」

仁吉はさっそく数えた。

「十両ちょっとってところだな」

懐からだした巾着に金をしまい入れ、空の箱を返した。満足という文字を満面に刻みこんで、立ちあがる。

「じゃあな和尚、三日後にまた来るよ。それまでに金をつくっておきなよ」

「三日後だと。無理だ」

「なにいってやがる。宝物蔵があるじゃないか。あのなかのお宝を一つ売れば、百両くらいすぐできるだろうが」

「まだ百両取るつもりなのか」

「こりゃ利子だよ」

胸を叩く。金が触れ合う音がした。

「いい死に方はせんぞ」

「もともとそんなもの、望んじゃいない」

「そうか、それはなによりだ。それにしても」

徳応はにらみつけた。

「仁吉、おまえ、金に窮してるわけじゃないよな。なのに、なぜこんなに金に執着する」

「金はいくらあったって邪魔になるもんじゃないぜ、和尚」

「ちがうな。おまえは金じゃないんだ。人をいたぶるのが好きなだけだ。人がいやがる顔を見たい、そのための手段が金を脅し取ることなんだ」

横の棚から大徳利を取りだした徳応は湯飲みを満たし、がぶりとやった。

仁吉は舌なめずりをした。

「なんだ、酒か。俺ももらおうか」

「酒じゃない。般若湯《はんにゃとう》だ」

「とっとよこせ」

仁吉は躍りかかるようにして、大徳利を奪い取った。

「金だけじゃ足りんのか」

「うるさい」

仁吉は徳利にじかに口をつけ、喉を鳴らして飲んだ。

「いい酒じゃねえか。こんなにうまいの、久しぶりだぜ」

満足げな笑いを漏らす。

「なんだ、その目は。そんなに酒を取られたのが悔しいのか」

あざけるようにいって、仁吉はまた大徳利に口をつけた。

一升は入っていた大徳利が空っぽになるのに、たいしてときはかからなかった。

「飲み足りねえな。和尚、まだどこかに隠してあるんだろ。さっさと持ってきなよ」

ふと仁吉が行灯の光がまぶしいように目を細め、眉根を寄せた。

「くそ、なんだ、急に眠くなってきやがったぞ」

大徳利を畳に放り投げた仁吉は、落ちそうになっているまぶたを手の甲でこすった。

「おかしいな。たったこれだけでこんなふうになっちまうなんて……」

気がついたように徳応を見た。徳応は憐れむ目をしている。

「和尚、酒になにか入れたのか……くそっ、はめやがったな」

唇を動かすのも大儀になっているらしく、仁吉は耳をそばだてないときき取れないかすれ声になっている。

「仁吉、さっきわしがつぶやいた言葉を教えておくよ。正直に答えていたら死なずにすんだものを、だ」

「俺を殺す気なのか、坊主なのに」

「破戒僧といったのはおまえだ」

悔しげに口をゆがめた仁吉はふらつく体を動かして部屋を出てゆこうとしたが、なにもないところでつまずき、なにかを拾うような仕草をしたあとどすんと前のめりに倒れた。眠気に逆らうように手で畳をかいていたが、ごろりと仰向けになるや大いびきをかきはじめた。

徳応も眠気に誘われていたが、飲んだ量が湯飲み半分程度だったこともあり、抗しきれないほどではなかった。

いつしか和尚のそばには、十名近くの人が集まっていた。隣の間にも十数名がいる。いずれも男だ。

「和尚さん、大丈夫かい」

粂蔵が気づかって、いう。

徳応は深くうなずき、声を発した。

「よし、すませよう」

その声に応じて一人のがっちりした男が進み出、腰から荒縄《あらなわ》を取りだした。がっちりと縛めをかけられ猿ぐつわをされた仁吉を男たちはかつぎあげ、鐘楼近くの塀際に掘った穴まで運んだ。

「よし、放りこめ」

男たちの腕がいっせいに動き、一間半ほどの深さがある穴の底へ仁吉はずるずると落ちていった。

大風のようないびきがぴたりととまってぎくりとした者もいたが、またいびきがきこえはじめると、男たちは無言で鐘楼にあがった。

二十三

「これでどういうことかわかっただろう」

重兵衛は言葉もなかった。ようやく喉の奥からしぼりだすようにいった。

「鐘はつまり……」

「そう、地獄の蓋よ。あの男が二度と娑婆《しゃば》に出てこられんようにするためのな」

「その仁吉さんを生き埋めに……」

「さんづけなんかする必要はない。やつは畜生《ちくしょう》以下の男だ。仁の心などかけらも持ち合わせておらん」

彦作の語気の荒さに重兵衛は息をのむ思いだった。

「しかし、なぜ生き埋めを選んだんです」

「確かに殺すよりむごいが、やつは殺すにも値しない男だった。いや、そうじゃないな。生きる力というのかな、やつはそれが異様に強くてな。なにしろ刺されたくらいじゃ、死にやせんのだから。魂のでかさがわしたちとはまるでちがっていたのかもしれん。名刹《めいさつ》の梵鐘なら、やつのそういう力を封じこめてくれるのでは、という期待が大きかった。いや、きっとそうしてくれるとみんな信じていた」

お美代を捜してこの寺に来たときのことを重兵衛は思いだした。あのとき鐘楼のそばで男の声をきいたような気がしたが、あれは仁吉の魂の叫ぶ声だったのだろうか。

「仁吉はいったいなにを」

彦作はすべてを話した。

きき終えて重兵衛はため息を漏らした。

「仁吉のために、そんなに多くの人が……しかも女子供まで」

それにしても、と重兵衛は言葉を続けた。

「どうして仁吉はつかまらなかったのですか」

「やつのやり方は巧妙で、決して顔を見られなかったんだ。御番所がだいぶ調べたこともあったが、結局は証拠らしい証拠を見つけられず……」

彦作はそこに仁吉がいるかのような瞳で、目の前をにらみつけている。

「徳応和尚も仁吉になにかされたのですか」

「いや、なにも」

「では、どうして」

「宗太夫さんの前に、お師匠さんがいたことはきいているよな」

「ええ、病で亡くなったと」

「その師匠は文左衛門さんといったんだが、住職とは親友だったんだ」

重兵衛は黙って耳を傾けた。

「手習子の女の子が自死したことで、ついにお師匠さんの堪忍袋の緒が切れ、徳応さんに相談したんだ」

「それで住職は……」

「相当悩んだらしいが。でも、そうと決まれば話ははやかった。お師匠さんと住職のあいだで策はまとまり、そして男たちが集められた。みんな、仁吉に手ひどい目に遭わされた者やその血縁ばかりだった」

彦作は疲れたように一つ息を吐いた。

「大丈夫ですか」

「ああ、久しぶりにこんなに話したから、口のほうがついていかんかった。うん、もう大丈夫だ」

それでも重兵衛は気づかって、じっと彦作を見つめた。

彦作は穏やかな笑いを漏らした。

「おまえさんはやさしいな。お美代がなつくのがよくわかるよ」

笑みを消し、重兵衛を見直す目をした。

「ききたいことがある顔だな」

「彦作さんは、どうしてそこまで詳しくご存じなんです」

やっぱりそのことか、と彦作はいった。

「決まっているじゃないか。わしも仁吉にうらみがあったからさ」

「では、そのとき寺に」

「ああ、いたよ」

薄い酒でも干すようにさらりといった。

「なんといっても、わしがやつに縄をかけたんだから」

重兵衛は目をみはった。

「仁吉にいったいなにをされたんです」

彦作は口を閉じていたが、やがてぽつりとつぶやいた。

「お美代は娘にそっくりだ……」

重兵衛ははっとした。

「自死した手習子というのは……」

「そう、お美代の母親の姉ちゃんさ。あの娘もお美代と同じで雷神社近辺がずいぶんと好きだった」

口にしたすべてを噛み締めるように彦作は下を向いていたが、顔をあげると、いたずら小僧のようににっと笑った。

「お師匠さん、信じたようだな。でもな、じきお迎えが来る年寄りのたわごとかもしれないよ」

彦作は立ちあがった。ちょうどお美代たちが戻ってくるところだった。

肩を並べるように立った重兵衛を真剣な眼差しで見つめる。

「お師匠さん、お美代を頼みます。あの子になにかあったら、わしゃあ、死んでも死にきれねえ」

わかりました、と重兵衛は腹に力をこめて、答えた。

「これで村を出てゆくなんてこと、できないよ。いいね、お師匠さん」

重兵衛は深くうなずいた。

お美代が駆け寄ってきた。

「お話はもう終わったの」

彦作は目じりのしわを深くしてにっこりと笑った。

「ああ、ちょうど終わったところだ」

「なにを話してたの」

「お師匠さんに、村にずっといてくれるよう、お願いしていたんだ」

お美代は期待と不安の入りまじった目で重兵衛を見た。

「心配いらない。お師匠さんは約束してくれたよ。お美代、いったん戻ろうか。じいちゃんはちょっと疲れた」

重兵衛は、仲よく手をつないで遠ざかってゆく二人を見送った。心なしかお美代の足取りは軽い。

重兵衛のもとに彦作の死の知らせが届いたのは、それから三日後のことだった。

参考文献

『江戸庶民の衣食住』竹内誠監修（学習研究社）

『江戸東京歴史探検三　江戸で暮らしてみる』近松鴻二編（中央公論新社）

『江戸の算術指南』西田知己（研成社）

『江戸の寺子屋と子供たち』渡邉信一郎（三樹書房）

『江戸の寺子屋入門』佐藤健一編（研成社）

『大江戸ものしり図鑑』花咲一男監修（主婦と生活社）

『時代考証事典』稲垣史生（新人物往来社）

『中埜家文書にみる酢造りの歴史と文化』全五巻　日本福祉大学知多半島総合研究所　博物館「酢の里」共著（中央公論社）

『日本人をつくった教育』沖田行司（大巧社）

『間違いだらけの時代劇』名和弓雄（河出書房新社）

『CD‐ROM版江戸東京重ね地図』吉原健一郎・俵元昭監修（エーピーピーカンパニー）

※本書は、中央公論新社より二〇〇四年一月に刊行された作品を改版したものです。

中公文庫

手習重兵衛《てならいじゅうべえ》
梵《ぼん》　鐘《しょう》
——新装版《しんそうばん》

2004年 1 月25日　初版発行
2016年12月25日　改版発行

著　者　鈴木《すずき》 英治《えいじ》

発行者　大橋 善光

発行所　中央公論新社
〒100-8152　東京都千代田区大手町1-7-1
電話　販売 03-5299-1730　編集 03-5299-1890
URL http://www.chuko.co.jp/

ＤＴＰ　平面惑星
印　刷　三晃印刷
製　本　小泉製本

Published by CHUOKORON-SHINSHA, INC.
Printed in Japan　ISBN978-4-12-206331-0 C1193

あ-59-5
一路（下）
浅田次郎
蒔坂左京大夫一行の前に、中山道の難所、御家乗っ取りの企てなど難題が降りかかる。果たして、行列は期日通りに江戸へ到着できるのか——。〈解説〉檀 ふみ
206101-9

あ-59-6
浅田次郎と歩く中山道 『一路』の舞台をたずねて
浅田次郎
中山道の古き良き街道風景や旅籠の情緒、豊かな食文化などを時代小説『一路』の世界とともに紹介します。いざ、浅田次郎を唸らせた中山道の旅へ！
206138-5

う-28-1
御免状始末 闕所物《けっしょもの》奉行 裏帳合（一）
上田秀人
遊郭打ち壊し事件を発端に水戸藩の思惑と幕府の陰謀が渦巻く中、榊扇太郎の剣が敵を阻み、謎を解く。時代小説新シリーズ初見参！ 文庫書き下ろし。
205225-3

う-28-2
蛮社始末 闕所物奉行 裏帳合（二）
上田秀人
榊扇太郎は闕所となった蘭方医、高野長英の屋敷から、倒幕計画を示す書付を発見する。鳥居の陰謀と幕府の思惑の狭間で真相究明に乗り出す！
205313-7

う-28-3
赤猫始末 闕所物奉行 裏帳合（三）
上田秀人
武家屋敷連続焼失事件を検分した扇太郎は改易された出火元の隠し財産に驚愕。闕所の処分に大目付が介入、大御所死後を見据えた権力争いに巻き込まれる。
205350-2

う-28-4
旗本始末 闕所物奉行 裏帳合（四）
上田秀人
失踪した旗本の行方を追う扇太郎は借金の形に娘を売る旗本が増えていることを知る。人身売買禁止を逆手にとり吉原乗っ取りを企む勢力との戦いが始まる。
205436-3

う-28-5
娘 始 末 闕所物奉行 裏帳合（五）
上田秀人
借金の形に売られた旗本の娘が自害。扇太郎の預かりの身となった元遊女の朱鷺にも魔の手がのびる。一太郎との対決も山場を迎える。〈解説〉縄田一男
205518-6

う-28-6
奉行始末 闕所物奉行 裏帳合（六）
上田秀人
岡場所から一斉に火の手があがる！ 政権復帰を図る大御所派と江戸の闇の支配を企む一太郎が最後の賭けに出た。遂に扇太郎と炎の最終決戦を迎える。
205598-8

各書目の下段の数字はISBNコードです。978－4－12が省略してあります。

番号	書名	著者	内容	ISBN
う-28-7	孤闘　立花宗茂	上田秀人	武勇に誉れ高く乱世に義を貫いた最後の戦国武将の風雲録。島津を撃退、秀吉下での朝鮮従軍、さらに家康との対決！　中山義秀文学賞受賞作。〈解説〉縄田一男	205718-0
き-17-6	楠木正成（上）	北方謙三	乱世到来の兆しの中、大志を胸に雌伏を続けた悪党・楠木正成は、倒幕の機熟するに及び寡兵を率いて強大な六波羅軍に戦いを挑む。北方「南北朝」の集大成。	204217-9
き-17-7	楠木正成（下）	北方謙三	正成は巧みな用兵により幕府の大軍を翻弄。ついに京を奪還し倒幕は成る。しかし……。悪党・楠木正成の峻烈な生き様を迫力の筆致で描く、渾身の歴史巨篇。	204218-6
き-17-8	絶海にあらず（上）	北方謙三	京都・勧学院別曹の主、純友。赴任した伊予の地で、「藤原一族のはぐれ者」は己の生きる場所を海と定め、律令の世に牙を剝いた！　渾身の歴史長篇。	205034-1
き-17-9	絶海にあらず（下）	北方謙三	海の上では、俺は負けん――承平・天慶の乱で将門とともにその名を知られる瀬戸内の「海賊」純友。夢を追い、心のままに生きた男の生涯を、大海原を舞台に描く！	205035-8
と-26-20	箱館売ります（上）　土方歳三 蝦夷血風録	富樫倫太郎	箱館を占領した旧幕府軍から、土地を手に入れようとするプロシア人兄弟。だが、背後には領土拡大を企むロシアの策謀が――。土方歳三、知られざる箱館の戦い！	205779-1
と-26-21	箱館売ります（下）　土方歳三 蝦夷血風録	富樫倫太郎	ロシアの謀略に気づいた者たちが土方歳三を指揮官に、旧幕府軍、新政府軍の垣根を越えて契約締結妨害のために戦うのだが――。思いはひとつ、日本を守るため。	205780-7
と-26-22	松前の花（上）　土方歳三 蝦夷血風録	富樫倫太郎	土方歳三らの蝦夷政府には、父の仇討ちに燃える娘、戦の携行食としてパン作りを依頼される和菓子職人の姿があった。知られざる箱館戦争を描くシリーズ第二弾。	205808-8

と-26-23
松前の花（下） 土方歳三 蝦夷血風録
富樫倫太郎
死を覚悟した蘭子は、藤吉にある物を託し戦へと向かった。北の地で自らの本分を遂げようとする土方、蘭子、藤吉。それぞれの箱館戦争がクライマックスを迎える！
[redacted]

と-26-24
神威の矢（上） 土方歳三 蝦夷討伐奇譚
富樫倫太郎
明治新政府の猛追を逃れ、開陽丸に乗り込んだ土方歳三ら旧幕府軍。だが、船上には、動乱に乗じ日本に神の王国の建国を企むフリーメーソンの影が――。
205833-0

と-26-25
神威の矢（下） 土方歳三 蝦夷討伐奇譚
富樫倫太郎
ドラゴン復活を謀るフリーメーソン、後のない旧幕府軍、死に場所を探す土方、迫害されるアイヌ人、山籠りの陰陽師。全ての思惑が北の大地で衝突する！
205834-7

と-26-26
早雲の軍配者（上）
富樫倫太郎
北条早雲に見出された風間小太郎。軍配者となるべく送り込まれた足利学校では、互いを認め合う友に出会い――。新時代の戦国青春エンターテインメント！
205874-3

と-26-27
早雲の軍配者（下）
富樫倫太郎
互いを認め合う小太郎と勘助、冬之助は、いつか敵味方にわかれて戦おうと誓い合う。扇谷上杉軍へ攻め込む北条軍に同行する小太郎が、戦場で出会うのは――。
205875-0

と-26-28
信玄の軍配者（上）
富樫倫太郎
駿河国で囚われの身となったまま齢四十を超えた山本勘助。焦燥ばかりを募らせていた折、武田信虎による実子暗殺計画に荷担させられることとなり――。
205902-3

と-26-29
信玄の軍配者（下）
富樫倫太郎
武田晴信に仕え始めた山本勘助は、武田軍を常勝軍団へと導いていく。戦場で相見えようと誓い合った友たちとの再会を経て、「あの男」がいよいよ歴史の表舞台へ！
205903-0

と-26-30
謙信の軍配者（上）
富樫倫太郎
越後の竜・長尾景虎のもとで軍配者となった曽我（宇佐美）冬之助。自らを毘沙門天の化身と称する景虎の前で、いま軍配者としての素質が問われる！
205954-2

各書目の下段の数字はISBNコードです。978－4－12が省略してあります。

と-26-31
謙信の軍配者（下）
富樫倫太郎
冬之助は景虎のもと、自らの軍配を振るい、好敵手・山本勘助率いる武田軍を前に見事打ち破ることができるのか⁉ 「軍配者」シリーズ、ここに完結！
205955-9

と-26-32
闇の獄（上）
富樫倫太郎
盗賊仲間に裏切られて死んだはずの男は、座頭組織の長に拾われて、暗殺者として裏社会に生きることに！『SRO』「軍配者」シリーズの著者によるもう一つの世界。
205963-4

と-26-33
闇の獄（下）
富樫倫太郎
座頭として二重生活を送る男・新之助は、裏社会から足を洗い、愛する女・お袖と添い遂げることができるのか？ 著者渾身の暗黒時代小説、待望の文庫化！
206052-4

と-26-34
闇夜の鴉
富樫倫太郎
大坂の追っ手を逃れてから十年――。新一は江戸で再び殺し屋稼業に手を染めていた。『闇の獄』に連なる暗黒時代小説シリーズ第二弾！〈解説〉末國善己
206104-0

な-65-1
うつけの采配（上）
中路啓太
関ヶ原の合戦前夜――。誰もが己の利を求める中、ただ一人、毛利百二十万石の存続のため奔走した男・吉川広家の苦悩と葛藤を描いた傑作歴史小説！
206019-7

な-65-2
うつけの采配（下）
中路啓太
小早川隆景の遺言とは正反対に、安国寺恵瓊の主導により天下取りを狙い始めた毛利本家。はたして吉川広家は家を守り抜くことができるのか？〈解説〉本郷和人
206020-3

な-65-3
獅子は死せず（上）
中路啓太
加藤清正ら名だたる武将にその武勇を賞賛された武将・毛利勝永。関ヶ原の合戦で西軍についたため、領地没収をされた男が、大坂の陣で最後の戦いに賭ける！
…92-7

な-65-4
獅子は死せず（下）
中路啓太
誰より理知的で、かつ自らも抑えきれない生命力を有し、家族や家臣への深い愛情を宿した戦国最後の猛将の生涯。『うつけの采配』の著者によるもう一つの傑作